光文社文庫

長編推理小説

十津川警部、海峡をわたる

春《しゅん》香《こう》伝《でん》物語

西村京太郎

光　文　社

目次

第一章　狩りの季節

1

八王子市内の交番に勤める、若い安井巡査は、三月十三日、去年と同じように、これから行われる、高尾山薬王院《やくおういん》の祭りの警備に出かけた。

今日は、薬王院で行われる大火渡り祭、正式には、柴燈護摩《さいとうごま》修行大火渡り祭の警護である。去年も、十二万人を超す人出があって、盛会だった。

高尾山は、東京の外れにあって、観光客が集まる、憩いの場ではあるが、しかし、その一方で、天平十六年、西暦七四四年に聖武天皇の勅願所として開山した、修験道《しゅげんどう》の道場でもある。

毎年三月の第二日曜日には、修験者と信者が集まって、衆生救済の行事が、薬王院で行われる。

午後になると、緑色の法衣《ほうえ》をまとった、山伏たちが現れて、柴燈護摩供養の儀式が始まった。見物人たちが、大きな人垣を作って、その修行を見守っている。

注連縄《しめなわ》の張られた柴燈護摩壇に火がつけられ、山積みになった何万もの木片が、その火の中に投じられる。

これは、なで木といって、信者たちが、自分の身体の悪いところをなでて、祈願したものので、それを、火にくべるのである。

読経の響きとともに、投じられた、何万ものなで木が燃え上がって、火柱が、大きくなった。その火柱が静まると、山伏と白装束《しろしょうぞく》の信者たちが、燻《くすぶ》る灰の上を裸足で歩く。

これが、火渡りである。その火渡りの儀式が珍しくて、毎年、多くの観光客が、集まってくる。

陽が落ちて、今年の祭りも無事、怪我人もなく終わって、安井巡査は、ホッとしながら、交番に戻った。

その途中のコンビニで買った弁当を広げて、おそい夕食を摂っていると、先輩の木村巡査長が顔を出して、

「食事が済んだら、もう一度、祭りの後を見に、行ってきてくれ」

と、安井にいった。

「もう暗くなっていますからね、誰も残っていやしませんよ」

「それは、わかっているんだ。ただ、火は消したが、万一ということもある。その後を、見に行って欲しい。それを頼んでいるんだよ」

「火の後始末は、消防が見たんじゃありませんか？」

「そうかも知れないが、俺たちにも、警備の責任があるからな」

「わかりました。食事が終わったら、すぐ、見てきますよ」

と、安井が、いった。

食事を済ますと、安井は、懐中電灯を持って、自転車で出かけていった。

すでに、午後八時を過ぎていて、大火渡り祭の行われた、薬王院の祈禱《きとう》広場には、人の姿はなかった。

全てが暗闇の中に沈んでいる。どうやら、火も、完全に消えてしまっているらしくて、暗闇の中に、小さな火の明かりも見えない。

ホッとしながらも、安井は、念のために、自転車を降りると、懐中電灯で照らしながら、火渡りの行事のあった場所に、近づいていった。

その足が、急に止まってしまった。

火渡りのあった辺りは、残った灰のために、黒ずんで見える。その上に、人間の姿が、横たわって見えたのだ。

安井は、懐中電灯の明かりを向けた。光の中に、浮かび上がったのは、人間なのか、それとも、人形なのか、すぐには、わからなかった。

確認するために、安井は、懐中電灯の明かりを向けながら、少しずつ、近づいていった。女の身体の輪郭が、はっきりと、見えてくる。黒ずんだ地面の上に、仰向けに横たわっているのは、二十歳ぐらいの、若い女性だった。明らかに、これは人間だ。

白いハーフコートに、パンツルックで、かかとの低い靴を履いている。ハーフコートの前がはだけて、その下の、白い毛糸のセーターが、見えている。

その白いセーターが、赤く、血に染まっていた。胸に、まっすぐ、ナイフが、突き刺さっていたからである。

一見したところ、暴行された形跡は、なかったが、その代わりのように、女の額に、口紅で、赤く、小さな二重丸が、描かれてあった。

2

部下の亀井刑事たちと、そこに、横たわっている死体を見た時、十津川は、突然、二年前の事件に、引き戻されたような気がした。

これとまったく、同じ死体を、二年前の八月に、見たことがあったのである。

二年前の八月十五日を中心に三日間、例年通り、深川祭りが行われた。

東京三大祭りの一つで、通称、水掛け祭り。夏の真っ盛りに、大きな神輿《みこし》を担ぐので、汗が出る。そこで、神輿の沿道に、各町内で、たらいやバケツに、水を満たしておいて、神輿がやってくると、一斉に、水を掛けるのだ。それで、別名、水掛け祭りと、呼ばれている。

その深川祭りの最後の日、夜になって、大川（隅田川）のほとりにある公園の中で、若い女性が、殺されていた。

彼女の名前は、小池裕子《こいけゆうこ》、二十四歳。近くの、町内の女性で、弓張提灯《ゆみはりちょうちん》を持ち、金棒を持って、祭りの先導役をしていた、女性だった。

彼女は、胸を刺されて、殺されていたが、奇妙だったのは、その額に、口紅で赤く小さな二重丸が、描かれていたことだった。

同じ年の十月、埼玉県川越市で行われた、川越祭りの夜、若い女性が、同じように、祭りの最後の夜に、殺されたのである。同じように、胸を刺され、そして、彼女の額には、口紅で、赤い二重丸が、描かれていた。

さらに、同じ年の、十二月三日、埼玉県秩父市で行われた、秩父の夜祭りでも、祭りの後で、若い女性の死体が、発見された。

彼女は、夜祭りを、見に来た、東京の女性で、名前は青木みどり。二十五歳のＯＬだった。

この一連の事件は、警視庁と、埼玉県警との、合同捜査になったが、いまだに、犯人は、逮捕されていなかった。

犯人は、二カ月ごとに、祭りの夜に、若い女性を殺し、その額に、何のつもりか、赤い二重丸を描く。その口紅は、被害者が、持っていたものであることもわかった。

十二月三日、秩父の夜祭りの夜に、第三の殺人を、犯した犯人は、警視庁に宛てて、一通の手紙を、寄越したのである。

〈私は、楽しい狩りを行っている。獲物は、若い女性たちである。

君たち警察に、私が捕まえられるかね？

私は、これからも、この、心震える狩りを、続けていきたいと思っている〉

署名は、「蒼《あお》き狩人」となっていた。

十津川たちは、さらに二カ月後の、祭りの夜に、第四の犯行が、あるのではないかと警戒していたのだが、なぜか、十二月三日の、秩父の夜祭りの日の兇行を最後に、この蒼き狩人は、ピッタリと、犯行を止めてしまった。

そして、去年一年間、同じような事件は、一つも、起きなかった。今年に入っても、同様の犯行は、起きていない。

少しばかり、十津川たちの心が、ゆるんでいた時、突然、三月十三日になって、第四の殺人事件が、高尾山で、起きたのである。

事件の二日後、東京の警視庁に、一通の手紙が届いた。

その筆跡に、十津川は、記憶があった。二年前の十二月、警視庁に、挑戦状を送りつけてきた犯人と、同一の筆跡だった。

そこには、今度は、こう書いてあった。

〈また、私にとって、楽しい狩りの季節が、やってきた。わくわくするね。これからまたしばらく、君たちと、つき合うことになる。

次の私の狩りを、君たちは、止めることができるかね？〉

「蒼き狩人」の署名、そして、追伸として、次の言葉が、書かれてあった。

〈君たち警察が、本気で、私を捕まえようとするのならば、もっと大きな、視野を持たなければ、私は捕まらんよ〉

そう書かれてあった。

3

大火渡り祭の、犠牲者は、東京の府中市に住む、佐野亜希《さのあき》、二十一歳と、わかった。

福島県出身。短大を卒業した後、彼女は、東京駅八重洲口近くの、化粧品会社に、ＯＬとして勤めていた。一人での、マンション暮らしで、どうやら、彼女は、自宅から、そう遠くない、高尾山の大火渡り祭を見物に来ていて、犯人に殺されてしまったらしい。

捜査会議の席上、十津川が、三上本部長に、これまでに、わかったことを、説明した。

「死体の発見された現場から、歩いて十五、六分のところに、駐車場があり、そこで、被害者である、佐野亜希が乗ってきたと思われる、軽自動車が発見されました。その運転席に、彼女のハンドバッグが、落ちていて、その中から、彼女の、運転免許証が見つかりました。それで、彼女の身許も判明したわけですが、彼女の住所は、東京都府中市内のマンション、このマンションの五階の502号室、1Kの部屋が、彼女の住居です。管理人の話、あるいは、彼女の勤めていた、東京駅八重洲口の化粧品会社、R&Aの、同僚や上司に、話をきいてみますと、彼女は、旅行好きだということなので、三月十三日に、高尾山に、大火渡り祭を、見に行ったものと、思われます。自分の軽自動車で見に行き、駐車場に停めて、祭りを見ていた。祭りが済んだ後、彼女は、犯人に捕まり、殺されたものと、思われます。司法解剖の結果によりますと、死因は、胸部を一突きされたことによる、ショック死、そして、死亡推定時刻は、三月十三日の、午後七時から八時の間と、なっています。犯人は、何時頃、彼女を捕まえたのかは、わかりませんが、とにかく、暗くなってから、彼女を殺して、火渡りのあった場所に、仰向けに、放置したものと、思われます。その二日後、問題の手紙が、犯人から、届けられました。手紙の筆跡は、二年前の十二月に、警視庁に届けられた手紙の筆跡と、まったく同じです。その手紙には、また、私にとって、楽しい狩りの季節が、やってきたと、書かれております。そして、『蒼き狩人』の、署名がありますから、二年前、三人の女性が、殺された、その犯人と、同一人と推定されます。また、二年前もそうだったのですが、今年殺された、佐野亜希、二十一歳も、二年前に殺された三人と、これといった、共通点は、発見されていませんから、この犯人は、祭りの時に、偶然出会った、若い女性をターゲットにして、殺しているものと、思われます。そのため、二年前に殺された三人、また、今年の三月十三日に、殺された佐野亜希を含めて四人から犯人の身許を、推理することは、まず、不可能だと考えております」

「二年前の、三件の殺人、そして、今度の、四人目の殺人だが、目撃者は、見つかっていないのかね？」

と、三上本部長が、きいた。

「埼玉県警と、連絡を取っていますが、いまだに、残念ながら、犯人に関する、目撃情報はありません」

十津川は、声を落として、いった。

「しかし、犯人像は、大体、浮かんでいるんじゃないのかね？」

「それについて、いろいろと、私なりに推理しております。犯人の年齢は三十代、それから、一昨年の三人の被害者、そして、今年の被害者は、いずれも、胸部を、一突きにされていますが、ナイフの角度から、犯人の身長は、百七十五センチぐらいと、考えています。年齢を三十代と見たのは、被害者の胸を、一突きに刺して、いずれも、心臓にまで、達する深い傷を負わせていますから、腕力がかなりあり、その点からも、老人とは思えませんので、三十代くらいかと、考えています」

「凶器は、同じものを、使っているんじゃないのかね？」

「その通りです。市販されている、いわゆるサバイバルナイフを、使って、殺人を犯しています。そのサバイバルナイフは、アメリカ製で、数多く、販売されていますので、このナイフから、犯人に到達するのは、難しいと思っていますが、一応、埼玉県警と共同で、ナイフについても、捜査はしております。しかし、依然として、犯人に到達してはおりません」

と、十津川は、いった。

「犯人から届いた、二年前と、今回の二通の手紙だがね、その手紙から、何か、わかることはないのかね？」

本部長が、きいた。

4

「この犯人は、パソコンを、使っておらず、自分の手で、挑戦状と思われる手紙を書いて、警視庁に、届けてきています。封筒と便箋《びんせん》については、入念に、調べてみましたが、指紋は、まったく、ついておりません。したがって、犯人は、注意深く、たぶん、手袋をはめて、この手紙を、書いたものと思われます。手紙は二通とも、誤字脱字もなく、かなり、慣れた筆跡と考えられます。また、署名の蒼き狩人ですが、常用漢字の、青という字を、使わずに、蒼という字を使っております。たぶん、この犯人は、ジンギスカンが、蒼き狼と呼ばれていたことに倣《なら》って、自分のことを、蒼き狩人と書いているのではないかと思われます。このことなどを考えますと、犯人は、かなりの、自信家であり、ひょっとすると、ジンギスカンの、崇拝者なのかも知れません」

「今度来た手紙だがね、そこに、追伸として、もし、自分を、捕まえたいのならば、大きな視野を持って、考えてみたまえ、そう書いてあるが、この文章を、君は、どう解釈するね？」

「正直にいって、はっきりとは、わかりません。犯人は、自惚《うぬぼ》れ屋で、自分を偉大と考えて、大きな視野に立って、考えろなどと、警察を、からかっているのかも知れません。また、少しばかり、飛躍した考えかも知れませんが、この犯人は、両親のうちのどちらかが、外国人で、ハーフなのかも知れません。そうした自分の境遇を考えて、もっと大きな、視野を持てなどと、警察を、からかっているのかも知れません。しかし、いずれも、今のところ確証はありませんので、引きつづき、冷静に考えてみたいと、思っています」

十津川は、慎重に、いった。

「二年前の、三人の被害者だが、暴行された形跡はないときいているが、今回の、四人目の被害者、佐野亜希、二十一歳については、その点はどうなのかね？」

「司法解剖の結果を、ききますと、やはり、暴行された形跡は、ないそうです」

十津川は、いった。

「しかし、犯人は、若い女性ばかりを狙って、続けて、殺している。そんな犯人がどうして、被害者に対する、性的な暴行を、働いていないのかね。おかしいじゃないか？」

三上が、首をかしげた。

「その点は、私も、不思議に思っております。しかし、ある医者に、きいたところでは、男性の中には、女性を、ただ殺すことだけで、性的な、満足を得る、そんな男もいるということですから、今回の犯人も、殺すこと自体が、一種の、射精になっているのかも知れません」

と、十津川は、いった。

「もう一つ、私には、わからないことがあるんだがね」

と、三上本部長が、いう。

「君も、二年前の三件の殺人事件と、今回の殺人事件は、同一犯人だと、考えているだろう。私も、そう思っている。そう考えるとだね、なぜ、二年前に、三人も殺した犯人が、去年一年間と、今年の三月までの間、殺人事件を起こしていないのか、その点を、君はどう考えるんだ？」

「そのことについては、私も、いろいろと考えていますが、まだ、これといって、断定できるような理由が、見つかっていません」

「しかし、何か、考えているんだろう？」

「そうですね。犯人が、何か、別の事件で、警察に、逮捕されてしまい、一年間、刑務所に、入っていたか、あるいは、何か事情があって、外国に、旅行していたか。また、他の理由としては、事故を起こしたか、あるいは、急病にかかって、一年間、どこかの病院に、入院していた、この三つのケースが、考えられますが、いずれも、今もいったように、断定できるだけのものは、まったくありません」

十津川は、控え目に、いった。

5

翌日の昼前に、埼玉県警の、北原《きたはら》警部が、十津川を、訪ねてきた。すでに二年前、北原警部とは、合同捜査の件で、十津川は、何回か、会っていた。

北原は、十津川の顔を見るなり、

「二年前の悪夢が、また、蘇ったときいて、来てみたのですが」

と、苦笑しながらいった。

「その通りです。これから、その四人目の被害者、佐野亜希、二十一歳の、マンションに行ってみようと思っているんですが、どうですか、一緒に、行きませんか？　向こうに、彼女の両親も待っていますから」

と、十津川は、誘った。

北原警部は、すぐに、同意し、十津川のパトカーで、二人は、府中市内の、佐野亜希のマンションに、向かった。

問題のマンションは、京王線の府中駅から、車で十五、六分のところにあった。

中古のマンションで、駐車場は、ついていないから、殺された佐野亜希は、近くの、駐車場を、借りていたらしい。

その五階の502号室に上がっていくと、すでに、彼女の両親が、十津川を待っていた。

母親は、十津川に向かって、

「今日、娘の遺体を、茶毘《だび》に付しましたので、明日、その遺骨を持って、福島に、帰るつもりです」

と、いった。

父親のほうは、黙って、目を閉じている。

十津川は、

「念のため、この1Kの部屋は、そのままにしておいてください」

と、両親に頼んでから、

「三月十三日の高尾山の大火渡り祭に、お嬢さんが、行かれることは、聞いていらっしゃいましたか？」

と、きいた。

「いいえ、まったく、知りませんでした」

と、父親が、いう。

「お嬢さんは、お祭りが、好きでしたか？」

と、十津川が、きく。

「地元にも、いくつかお祭りがありますが、亜希が特別、お祭りが、好きだったとか、逆に、嫌いだったということは、なかったと思います。近くの八幡様のお祭りや、縁日には、よく子供の頃から、出かけていましたが」

と、母親が、いった。

「犯人は、捕まりそうですか？」

今度は、父親が、十津川に向かって、きいた。

「現在、全力を挙げて、犯人を、探していますが、残念ながら、まだ、容疑者は浮かんできてはおりません。しかし、お嬢さんを殺した犯人は、二年前にも、三人の女性を殺していますから、間違いなく、逮捕できると、確信しています」

十津川は、きっぱりと、いった。

両親が、遺骨を持って、宿泊先へ帰った後、十津川は、近くの喫茶店に、北原警部を、案内した。コーヒーを注文してから、

「昨日の捜査会議で、本部長から、ハッパをかけられましたよ。今回の犯人は、二年前にも三人の女性を、殺しているんだから、もう、そろそろ、容疑者が、浮かんでもいい筈だ。

そういわれましてね」

「実は、私も、上司から脅かされましてね。何しろ、埼玉で、十月と十二月に、若い女性が、続けて、二人も殺されているんですから、県警本部長が、いきり立つのも、無理はないんですよ」

北原警部が、苦笑して、いう。

十津川は、コーヒーを、口に運んでから、

「確か、十月の、川越祭りの夜に、殺された女性は、観光客でしたね?」

「そうです。東京から来た観光客です。十二月の秩父の夜祭りも、同じように、東京から観光に来た、OLでした。ですから、観光客という、共通点はあるのですが、そのほかには、いくら二人を、調べても、共通点はありませんでした。どうも、捜査のしにくい、事件ですよ」

「こちらでも、最初は、被害者の、共通点を見つけようと思ったのですが、どうにも、見つかりません。若い女性ということは、共通点ですが、そのほかについては、出身地も違うし、出身校も違う。共通点は、ありません。祭りの夜に、殺されていますが、しかし、今回の被害者も、特別に、祭りが好きだったというわけでは、ないようです」

「とすると、やはり、犯人は、たまたま、祭りに、出かけていって、たまたま、そこにいた若い女性を、捕まえて、殺したということになりますね？」

北原が、同意を求めるように、十津川を見た。

「私も同感です。祭りには、何万人もの人間が、集まりますからね。その中に、若い女性だって、二、三千人ぐらいは、いるでしょう。その中から、犯人は、たまたま、気に入った女性を、見つけて殺した、そうとしか、思えません」

「私は、今日、こちらに来る時、十月と十二月に、埼玉県下で殺された女性の、顔写真を見ていたんですよ」

と、北原警部は、いいながら、その二枚の写真を、テーブルの上に置いた。

「今もいったように、東京に来るまで、私はずっと、この二枚の写真を、見ていたのですが、この二人、どこか、似ていませんか？」

「そうですねえ」

十津川は、考え込んだ。

「今の女性らしく、顔が小さく、目が大きい。私がいいたいのは、この二人の被害者にはこれといった、共通点は、ありませんが、顔が似ているんじゃないか。つまり、犯人の好みの女性というのは、似たような顔じゃないのか、私は、そう思っているのですが、どうでしょうか？」

北原が、十津川にいった。

十津川は、自分の持っていた二枚の写真——こちらは、二年前の、八月に殺された小池裕子と、今年になって、殺された、佐野亜希の二枚の顔写真である——それを同じように、テーブルに並べて置いた。

「この二人とも確かに、現代風な、小顔の美人です。まあ、ありふれているといえば、そうも、いえるんです。それよりも、私は、この四人の、背の高さを考えました。十月に、川越で殺された戸沢玲香《とざわれいか》、二十二歳。彼女が、いちばん小さいんですが、それでも百六十センチです。二年前に、殺されたほかの二人は、百六十五センチと六十八センチ。そして、今回、東京都下の高尾山で、殺された佐野亜希は、百七十一センチあります。もちろん、これは、たまたま、そうなったのかも知れませんが、犯人の男は、大柄な女性が、好きなんじゃないのか、私は、そんなふうに、考えているんですが」

十津川は、あまり、自信のない感じで、北原にむけていった。

「確かに、十津川さんのいわれるように、殺された四人の女性は、百六十センチから、百七十一センチあります。しかし今どきの若い女性は、みんな、背が高いんじゃありませんか？　さっき、十津川さんが、同じような顔をしているが、今の若い女性は、みな、美人顔だといわれたじゃありませんか？」

北原は、笑いながら、いった。

十津川も、思わず苦笑して、

「確かに、そうですね。四人とも、みな背が高いので、ついうっかり、これが、犯人の好みなのかと、思ってしまいましたが、しかし、今、北原さんが、いわれたように、今どきの女性は、みな背が高い。確かに、その通りです」

と、自分の意見を撤回した。

十津川は、残りのコーヒーを、口に入れてから、

「もう一つ、ウチの本部長には、こういわれましたよ。犯人は、二年前に三人殺し、そして、今年になって、一人殺した。しかし、去年は、一人も、殺していない。どうして、犯人は、去年は、一人も殺していないのか、それを考えてみろと、いわれたのですが、その点、北原さんは、どう思われますか？」

「確かに、私も、そのことは、ウチの本部長からいわれたし、前から、疑問には、思っていました。なぜ、去年一年間、犯人は、一人も殺さなかったのだろうか、それが、県警でも疑問でしてね」

「それで、北原さんは、どんな答えを見つけたんですか？」

と、十津川が、きいた。

「普通に考えると、病気で一年間入院していたか、一年間、ほかの、ケチな犯罪を犯して、刑務所に、ぶち込まれていたか、そのどちらかではないか、そう考えましたが、いずれも、断定できることじゃ、ありませんからね。何しろ、犯人の顔を、知らないんですから。名前もです」

悔しそうに、北原は、いった。

「第三の理由として、一年間、外国旅行を、していたということも、あるんじゃないですか？」

十津川が、いうと、北原は、首を横に振って、あっさり、

「それは、ないと思いますね」

と、いった。

「どうしてです？」

「この犯人について、有名な、精神科医に、きいたことが、あるんですよ。二カ月ごとに、祭りの夜になると、若い女性を殺していく男、そういう犯人について、精神科医に、きいてみたんです」

「それで、その精神科医は、どう答えたのですか？」

「その精神科医が、こういったんですよ。この犯人は、完全に病気だ。病気だから、必ず

祭りの夜に、それも、二カ月の間をおいて、若い女性を、殺している。つまり、祭りの夜になると、おかしくなる。そして、二カ月経つと、どうしても、若い女性を、殺したくなる。そしてですね、その医者は、いいました。こうした男が、仕事に、縛られるような、会社勤めをしているとは考えにくい。たぶん、時間が自由になる、そんな仕事に、就いているか、あるいは、今流行の、フリーターではないか。医者は、そういうんですよ。だから、犯人の男が、一年間も、仕事や遊びで、外国に行っているようなことは、まず考えにくいのですよ」

「なるほど。その男は、一年間も若い女性を殺さずにはいられない、そういうことですか？」

「そうです。ですから、病気で、入院していたか、あるいは、ケチな犯罪で、刑務所に入っていたか、そのどちらかだと、私は、考えています」

と、北原は、いった。

「そうなると、ちょっと難しくなりますね」

と、十津川が、いった。

「そうじゃありませんか？　北原さんがいわれるように、この犯人は、去年一年間、病気で入院していたのかも、知れないし、小さな事件で、刑務所に、入っていたのかも知れない。そうすると、日本全国の病院と、同じく、日本全国の刑務所を調べて、怪しい人間を、見つけ出さなくては、ならないことになります。しかし、われわれは、肝心の、犯人の顔も名前も知りませんから、刑務所に、入っていた男たちと、病院に、入院していた男たちの中から、この事件の犯人を見つけ出すのは簡単じゃありません。いやほとんど不可能ではないか、私は、そう思いますがね」

と、十津川は、いった。

「確かに、十津川さんのいわれる通りです。今の段階では、私たちは、犯人の名前も、わからなければ、顔も、わからない。どこに住んでいるかも、何も、わからないんですよ。ただ単に、連続女性殺人事件の犯人、それだけしかわかっていないんです。悔しいですけどね」

北原は、肩をすくめるようにして、いった。

6

次に、十津川は、犯人から来た、例の手紙を、北原にも、見せた。

「これが、今回の四人目の女性が殺された二日後に、送られてきたものです。前の手紙は、あなたにも、お見せしましたが、今度も、あなたに、見ていただきたい」

「犯人からの挑戦状ですか？」

そういいながら、北原は、問題の手紙を、二回三回と、読み直してから、

「これは、明らかに、警察に対する、挑戦ですね。しかも、自信過剰だ。捕まらないと、思っている」

と、いった。

「同感ですね。挑戦状だし、もう一つ、いい換えれば、この犯人は、警察に認められたがっている、私は、そう考えますね。だから、余計なことまで、書いている」

「余計なことというのは、追伸のことですか？」

「そうですよ。わざわざ、自分を捕まえたければ、大きな視野を持て、そんなふうに、書いています」

「十津川さんは、なぜ、犯人が、最後に、こんなことを、書き添えたのか、わかっているんですか？」

「完全には、わかっていません」

十津川は、正直に、いった。

「これをコピーしていいですか？　ウチの本部長もたぶん、犯人からの、この手紙を読み

たいでしょうから」

「どうぞ、コピーしてください」

と、十津川は、うなずいてから、

「実は、もう一つ、引っかかることが、あるんですよ」

と、いった。

「何ですか?」

「犯人は、二年前の、三人の殺しも、今回の殺しも、いずれも、東京と埼玉の、祭りの夜にやっています。なぜ、祭りの夜なのか、それを、ずっと、考えていたんですよ」

と、十津川は、いった。

「私も、十津川さんと同じことを、考えましたよ。誰でも、考えますね、なぜ、犯人は、祭りの日、あるいは、夜に限って、女を殺すのか。さっきいった有名な、精神科医は、この犯人は、祭りの日に、あるいは、祭りを見ると、興奮するのではないか、そんなふうにいっていましたが」

と、北原は、いった。

「確かに、祭りを見ると、あるいは、祭りに参加すると、気分が、高揚することはあるでしょうね。私自身は、それほど、祭りが好きなほうではありませんが、それでも、祭りを見ているととしいですよ」

十津川は、微笑した。

「四つの祭りに、何か共通点があると思いますか？」

「二年前に、第一の殺人が起きたのは、八月十五日を中心に、三日間行われた、東京の深川祭りです。これは、東京の三大祭りの一つで、盛大に行われます。十月の川越祭り、これはそれほど有名じゃありません。しかし、十二月の秩父の夜祭り、これは有名です。そして、今回の高尾山薬王院の、大火渡り祭ですが、これも、それほど有名ではない。地元では、確かに有名で、毎年十万から、十二万人の客が集まるそうですが、だからといって、東京の富岡八幡宮の深川祭りや、あるいは、京都の、祇園祭ほどの大きさではありません。ということは、この四つの祭りには、これといった共通点というものは、ないんですよ。祭りは祭りですが、犯人には、祭りの好みはないと、思わざるを得ません。つまり、二カ月ごとに、どこかで、祭りがあれば、そこに出かけていき、そこで獲物を探すのではないか。今いったように、四つの祭りには、大小はありますが、祭りに行けば、たいてい若い女に会える、そう考えて、犯人は二カ月ごとに、今のところ、東京と埼玉で開かれた、祭りに出かけていったんだと思いますね。そして、そこで犯人のいう狩りをした。手紙にもあるように、狩りをしたんですよ。若い女を見つけては、殺した、そう思いますね」

十津川は、冷静な口調で、いった。

「十津川さんのいう通りだとすると、今日が、三月十六日ですから、これから二カ月後、五月に、どこかで開かれる祭りに、犯人は、必ず行くでしょうね。その祭りが、どんな祭りかは、犯人は考えていない。というより、どんな祭りでもいいんですね。そして、そこで、夜になってから、獲物の若い女性を探す。そして、その女性を殺す」

「それまでに、犯人を、捕まえたいと思いますよ。いや、必ず、捕まえる」

十津川は、自分に、いいきかせるように、いった。

7

埼玉県警の北原を、東京駅まで送ってから、十津川は、捜査本部に戻った。

待っていた亀井刑事が、十津川に報告した。

「東京都内で、例のサバイバルナイフを売っている店を、片っ端から洗ってみたんですが、これといった収穫は、ありませんでした。犯人は、東京の第一の殺人と、今回の殺人で、同じサバイバルナイフを、使って殺しています。もし、いっぺんに、同じナイフを二本買った人間が見つかれば、それが、容疑者になるのではないかと、思ったのですが、今まで調べたところでは、同じサバイバルナイフを、一度に、二本買った人間は、見つからないんですよ」

「そうだろうね。犯人だって、バカじゃないから、一度に二本も、同じサバイバルナイフを買うような、目立つことはしないと思う。買うとすれば、一本ずつだし、あるいは、東京以外で、買ったのかも知れない」

と、十津川は、いった。

「しかし、犯人はどうして、凶器のサバイバルナイフを、被害者の胸に、刺したまま、逃げたんでしょうか？　犯人は、かなり力のある男と、思われますから、ナイフを抜くことができなかったとは、考えられません。それなら、抜き取って、持ち帰れば、何本も、買う必要もないのに、どうして、そうしなかったんでしょうか？」

亀井が、きいた。

「犯人は、警察に送った手紙の中で、蒼き狩人と自称しているんだ。犯人にとって、殺した被害者は、獲物なわけだろう？　獲物の胸に突き刺さっているナイフは、狩人が撃った鉄砲の弾か、弓矢の矢に等しいんだ。だから、その獲物を殺したナイフを、いちいち、抜き取るのは、男の自尊心が、許さないんじゃないのか？　だから、ナイフを刺したままで、立ち去った」

「つまり、狩人の自尊心ですか？」

「私は、そうだと、思っている。一本のナイフで一人殺す。それが、彼にとって、生き甲斐みたいなものなんじゃないのか？　あるいは、もう少し、感覚的に考えれば、犯人は、殺した女性に対して、暴行していない。つまり、その代わりのように、彼のナイフが、獲物の女の胸に突き刺さっているんだ」

「つまり、それが、暴行したのと同じで、彼を満足させた、そういうことですか？」

「たぶん、そうじゃないかと、私は、思うね。殺した女の胸に、まっすぐに、ナイフが突き刺さっている。それは、まるで、犯人の勃起した性器のようなものじゃないか？　それがつまり、彼の性的な、満足になっているんじゃないのか？　だから、暴行しなかった、というよりも暴行する必要がなかった、私は、そんなふうに考えるんだ。少しばかり、考えすぎかも、知れないがね」

と、十津川は、いった。

「犯人は、これからも、次の獲物を狙う前に、凶器の、サバイバルナイフを、どこかで買い求めるでしょうね？」

「おそらく、そうだろう」

「一応、都内の刃物店に、電話をして、例のサバイバルナイフを、買いに来た人間を、チエックしてもらうことにします。ムダになるかも知れませんが」

と、亀井が、いった。

亀井は、続けて、

「犯人が送って来た例の手紙ですが、消印は、二回とも、東京中央郵便局になっていますから、犯人は、どこに住んでいるかは、わかりません。あの手紙を出すために犯人は、東京駅の近くの、中央郵便局に行って投函したものと思われます。したがって、地域を、特定することは、できません」

亀井は、舌打ちをするように、いった。

「封筒と便箋のほうは、どうだ？」

「封筒の色は白で、よく、文具店に売っているものです。十枚でいくらといったもので、いちばんありふれている封筒じゃないかと思います。また、便箋も、有名メーカーの便箋で、どこでも売っているものです。ですから、封筒と便箋から、犯人を追跡するのは、まず、不可能ではないかと思われます」

「それだけか？」

と、十津川が、きく。

「そうです。ほかに、調べるものはないと思いますが」

亀井が、いうと、十津川は、

「もう一つ、あるよ、カメさん。犯人は、あの手紙を書くのに、ボールペンやサインペンを、使っていない。普通のインクで、書いているんだ。たぶん、犯人は、万年筆を使って、書いたんだよ。色はダークブルーだ。あのインクを、科研で調べてもらってくれ。もし、インクの銘柄が、わかれば、少しは、役に立つかも知れない」

「わかりました。すぐ、科研に調べて貰います」

亀井が、肯《うなず》いた。

犯人からの手紙は、すぐ科研に送られた。

その報告が来たのは、翌日だった。

「問題の手紙に、使われているインクは、市販されているすべての、インクに当たってみた結果、モンブランのダークブルーのインクだと考えられる」

科研からの報告書には、そう書かれてあった。

十津川は、すぐ、同じインクを購入し、それから、モンブランの万年筆を、購入した。

その万年筆に、問題のインクを、注入してから、同じ便箋に、同じ文字を、書いてみた。

時間をおくと、十津川の書いたインクの文字が、問題の手紙のインクの文字と、同じ色になった。

十津川は、それを亀井刑事に見せた。

「犯人は、封筒や便箋が、捜査の手掛かりになっては、いけないと用心して、大量販売のものを、使っている。しかし、インクのほうは、気にしなかった。というより、たぶん、いつも使っている、モンブランのインクを使ってしまった。そんな気がするね」

「しかし、だからといって、犯人が、モンブランの万年筆を使ったとは、限らないでしょう？」

「もちろん、そうだが、字の形を見ると、明らかに、ボールペンの字じゃない。万年筆の文字だよ。だから、使いなれた万年筆を使った可能性は高いと思っている」

「しかし、それが、犯人の手掛かりになりますか？」

亀井が、冷静な口調で、きく。

「それも、わからんさ。しかし、モンブランでは、ないにしろ、この犯人は、いつも、サインペンやボールペンでは、なくて、万年筆を使っている人間なんだ。私はそう思うし、それがわかっただけでも、一つの進歩じゃないかね」

十津川は、亀井に向かって、いった。

十津川は、更に、部下の刑事たちの顔を見廻して、

「君たちの中で、万年筆を持っている者は、いるか？」

と、きいた。

刑事たちは、顔を見合わせていたが、亀井が、代表するように、

「みんな万年筆は、持っていませんよ。ボールペンのほうが、書くのは、楽ですからね。私なんかも、百円のボールペンを使っていて、万年筆は、ここ何年も、使ったことがありません」

と、いった。

「私自身も、万年筆は、家にあることはあるが、最近は、ほとんど使っていない。とすると、この犯人は今も、万年筆を使っているから、つまり、数少ない、万年筆の愛好家ということになってくる。それだけで、犯人が、捕まるかどうかはわからないが、しかし、面白い性格の、犯人だとは思わないか？」

「万年筆愛好家ですか？」

「そうだよ。たぶん、この犯人は、妙なことに、執着するんだ。祭りに、執着するのも、二カ月ごとに、殺しをやるのも、おそらく、そうした性格の現れなんだ」

と、十津川は、いった。

第二章　刑務所からの手紙

1

計算上では、犯人が、次の犯行に走るのは、五月であろうと捜査本部は、考えた。

もちろん、確証があるわけではない。今までの犯行を調べていけば、二カ月ごとに殺人を犯している。だから、次は五月だろうと推測するのであって、それが、正しい判断かどうかは、今のところ、まったくわからない。

それでも、一応、二カ月先と考えて、十津川たちは、もう一度、事件を調べ直してみることにした。

特に、調べ直してみたいのは、二年前の十月に起きた、川越祭りでの殺人と、十二月の、秩父の夜祭りで起きた、殺人の二件だった。

どちらも、埼玉県で起きた事件で、所轄は埼玉県警であるが、被害者は、二件とも東京の女性だった。それを調べ直してみようと思ったのである。

(調べてもし、何かわかればそれを埼玉県警の北原警部に知らせたい)

十津川は、そう思った。

最初に調べたのは、一昨年十月の川越祭りで死んだ、戸沢玲香のことだった。

玲香は、殺された時、二十二歳。東京・北千住の、マンションに住む、フリーターだった。それが、十月、川越で行われた祭りを見に行って、殺されたのである。

十津川たちは、この戸沢玲香について、くわしく調べてみることにした。

北千住のマンションにあった、玲香の遺品は、すべて、日暮里《にっぽり》で、商売をやっている両親が、引き取っていた。

十津川と亀井の二人は、日暮里で酒屋をやっている両親に、会いに行った。

この両親にとって、殺された玲香は、一人娘だった。子供は、もう一人、長男がいるのだが、この長男は、すでに、結婚して大阪に行ってしまい、玲香がいわば、一人娘といってもいい存在だったらしい。

それだけに、事件から一年五カ月経った今でも、父親の戸沢も、母親の文子《ふみこ》も、殺された娘のことになると、つい涙声になった。

「今になって、また娘さんのことをきくのは、大変、申し訳ないとは思うのですが、何としてでも、犯人を捕まえたいので、是非協力していただきたい」

まず、十津川が、そういった。

「娘を殺した犯人を、見つけるためなら、私たちも、もちろん、どんなことでも、協力しますが、しかし、まだ、容疑者も、浮かんでいないのですか？」

父親のほうは、怒ったような口調で、いった。

「娘さんが、殺されたのは、十月の埼玉県の川越祭りの時なのですが、なぜ、玲香さんが、川越祭りを見に行ったのか、わかりますか？」

十津川が、きくと、

「前にも、お話ししたはずですけど、娘は、昔から、お祭りが、好きだったんですよ。それで、川越祭りというのを、一度見てみたい、そんなことをいっていましたから、見に行くつもりで出かけていったんだと思います」

と、父親が、いった。

「一人で行ったんでしたね？」

「ええ、一人で、行ったと思います」

と、母親の文子が、答えた。

「娘さんの玲香さんが、川越祭りの最中に、殺されたことについて、何か、心当たりはありますか？」

と、亀井が、きいた。

「思い当たることなんて、何もありませんよ」

父親の戸沢が、また、怒ったように、いった。

「それを、調べてくれるのが、警察じゃないんですか？」

母親の文子も、同じように、怒った口調で、いう。

「これも、前に、おききしたことかも知れないんですが、玲香さんが、なぜ、ＯＬにならずに、フリーターを、やっていたのか、それについて、何か、思い当たることが、ありますか？」

「あの子は、短大を卒業した後、日暮里のオートバイの販売店で、事務をやっていたんですよ。二年ぐらいやっていたと、思いますよ。その後、その会社で、上役の人と、何かケンカをしたらしく、辞めてしまって、その後で、あの子、パソコンができるので、それを使って、アルバイトみたいな仕事を、やっていたんです」

文子が、いった。

「ここに、玲香さんの写真を持っているんですが」

と、十津川は、その写真を、前に置いてから、

「これは、お世辞ではなく、玲香さんは、なかなかの美人です。それに、二十二歳という若さだったわけですから、当然、彼女には、恋人がいたと思うんですが、前の捜査の時には、恋人が浮かんできませんでした。今は、どうでしょうか？」

と、きいた。

「あの子は、男の子に、モテましたよ。これは、親のひいき目で、いうのではなくて、ウチにいた時も、北千住のマンションに、住むようになってからも、男の子からよく、電話がかかってきていましたから」

と、文子が、いった。

「特定の恋人は、いなかったんでしょうか？」

「実は、埼玉県警の刑事さんにきかれた時は、わからないといったんですけど、その後で、あの子の遺品を整理していたら、手紙が出てきました」

文子は、そういって、奥から、一通の手紙を持ってきて、それを、十津川たちに見せてくれた。

それは、明らかに、ラブレターだった。男の名前は、原田透《はらだとおる》とあった。手紙を読むと、どうやら、玲香が、日暮里のオートバイ屋で事務の仕事を、やっていた時に、知り合った

らしい。

十津川と亀井は、その青年に、会ってみることにした。

2

その原田は、上野の、小さなクラブで、マネージャーをやっていた。背が高く、なかなかの美男子だった。

彼がマネージャーをやっている店で、話をきくことにした。

「殺された、戸沢玲香さんのことなんだが、君と玲香さんは、つき合っていたときいて来たんだ」

十津川が、いうと、原田は、肯いて、

「彼女とは、いい仲でしたよ。彼女は美人だし、頭もよかったし、一緒にいると、楽しかった」

と、いった。

「二年前の十月十九日、埼玉県の川越祭りの時、殺されてしまったんだけど、その時、どうして、君は、彼女と一緒に、川越祭りに行かなかったんだろう？」

「あの時、最初は、一緒に行くはずだったんですよ。でも、当日になって、僕が風邪を引いて、熱を出してしまいましてね。それで、彼女は一人で、祭りを、見に行くことになったんです」

と、原田は、いった。

「なぜ、玲香さんは、一人で行ったんだろう？」

亀井が、きくと、原田は、変な顔をして、

「彼女、祭りが好きでしたからね。だから、一人で行ったんですよ。これが、食事とか、飲む約束だったら、僕の風邪が、治ってから、一緒に食べたり、飲みにいったりしたと、思いますけど、あの祭りは、あの日までしかやっていなかったから」

「その時、川越祭りを、見ながら、彼女から電話がかかって、きませんでしたか？　たとえば、今、祭りを見ているとか、なんとかいう電話なんだが」

十津川が、きいた。

「いや、電話は、かかってきませんでしたね。だから、きっと、川越祭りを見て、楽しんでいるだろうな、そう思いましたよ」

「あなたから見て、戸沢玲香さんというのは、どんな女性でしたか？」

と、亀井が、きいた。

「どんな女性だったかと、改まってきかれても、困るんだけど、とにかく、美人でね。話も面白いんですよ。だから、つき合っていたんです」

「彼女のほうは、君のことを、どう思っていたんだろう？」

「それは、わかりませんけど、彼女が、一度いったことが、あるんですよ。原田さんって、面白いって。きっと、僕のやることや、話すことが、面白かったんじゃありませんか。そう思いますけどね」

原田は、微笑した。

「戸沢玲香さんが、男に狙われたというようなことは、なかったですか？　例えば、ストーカーみたいな男がいて、つきまとわれて、困っていたとか、そういうことなんですが」

十津川が、きくと、

「ストーカーの話は、きいたことが、なかったですね。まあ、電車の中で、体を触られて怒ったことはありましたが、命を狙われるようなことは、その前には、なかったと、思いますよ」

原田は、肯きながら、いった。

3

もう一人の、二年前の十二月に、秩父の夜祭りで、殺された青木みどりという二十五歳のOLのことを、調べ直すことになって、このほうは、西本と日下《くさか》の二人が、担当した。

彼女の場合も、戸沢玲香の場合と、同じように、埼玉県警からの要請を受けて、西本と日下の二人の刑事が、調べた結果を、埼玉県警に報告していた。

その時の調書は、もちろん、まだ残っている。それには、青木みどりの経歴が、書かれている。

青木みどりは、名古屋で、生まれている。地元の高校を卒業した後、東京に住む叔母を頼って上京し、Nデパートで、働くようになった。

二十三歳の時に、同じデパートで働く、男性と同棲を始めたが、一年ほどで解消し、男性のほうは、まもなく、そのデパートを辞めていった。

二年前の十二月三日。同じ職場で働く女友達と二人で、秩父の夜祭りを、見に出かけた。その女友達の名前は、手塚愛《てづかあい》、みどりと同じ二十五歳だった。

その手塚愛は、今もNデパートに勤めていて、西本と日下の二人は、彼女に会いに、出かけた。

手塚愛が住んでいるのは、Nデパートの女子寮だった。二十七歳になって、主任になった手塚愛は、寮の中でも、個室を与えられていた。

西本と日下の二人が顔を出すと、手塚愛は、

「知っていることはもう、何もかも、お話ししましたけど」

と、いった。

「それは、埼玉県警の、北原警部に話されたんでしょう？　私たちは、東京の警視庁の刑事でしてね。繰り返しになっても、構いませんから、もう一度、青木みどりさんのことを、話して頂きたいんですよ」

西本が、いった。

「じゃあ、何でもきいてください」

手塚愛は、二人の刑事に、いった。

「例の秩父の夜祭りですが、あなたと二人で出かけたのですね？」

「ええ、二人で、秩父の夜祭りが見たい。そう思って、私の車で、出かけました」

「青木みどりさんが、殺された時、あなたは、一緒にいたんじゃないんですか？」

と、西本が、きいた。

「それは、前にも、埼玉県警の刑事さんに、お話ししたんですが、お祭りを見ている最中に、彼女と離ればなれになってしまったんですよ。人がいっぱい出ていて、お祭りを見ている間に、そうなってしまいました。私は、彼女を一生懸命探したんですけど、とうとう見つからなくて、どうせ、彼女も、お祭りが終われば、帰るだろうと思って、私は、この寮に、戻ってきたんです。その後で、彼女が、秩父のお祭りの最中に、殺されたときいて、ビックリすると同時に、もう少し、向こうで、探していたらよかったと後悔したんです」

と、愛は、いった。

「彼女は、どんな性格でしたか？」

西本が、きいた。

「とにかく、元気でしたよ。運動も好きだったし、何よりも明るい性格でした。誰にきいても、そう、答えると思いますよ。それに、誰にでも、親切だったから、デパートの店員には、向いていたと思うし、彼女自身、そういっていました」

と、愛は、いった。

「彼女に、恋人と呼べるような人は、いませんでしたか？」

日下が、きくと、愛は、少し考えてから、

「あの同棲生活の破綻が、彼女を、用心深くさせたと思うんですよ。だから、私の知る限り、あの後、彼女に恋人がいたという話は、きいていませんけど」

どうも、なかなか事件解決の、カギになりそうなことは、聞けなかった。

こうなってくると、今回の一連の事件の犯人は、特定の女性を、狙ったのではなくて、無差別に、祭りに来ている若い女を、狙ったとしか、思えなくなってくる。

二年前に、起きた一連の事件の時も、警視庁に、今回のケースと同じように、犯人と思われる人間から、手紙が届いていた。

その内容は、ほとんど、今回、警視庁捜査一課が受け取った手紙と、同じだった。

また、パソコンは使わず、同じように、万年筆を使って、書かれたもので、その内容は、やはり、挑戦的な文章が並んでいた。

4

犯人は、一連の事件で、「蒼き狩人」と名乗っていたが、警視庁も、埼玉県警も、犯人を蒼き狩人とは、呼ばなかった。

何人もの女を、殺している男である。そんな男を、蒼き狩人などと、呼ぶ気にはなれなかったからである。

マスコミも、この犯人を、蒼き狩人とは呼ばなかった。その代わりに、こう表現した。

「祭りの夜の殺人鬼」

である。

しかし、マスコミが、こうした名前をつけたことによって、警察への風当たりが、一層強くなった。

東京と埼玉にわたって、すでに四人の女が殺されている。それなのに、まだ、容疑者のシッポすらつかんでいなかったからである。非難されるのも仕方がなかった。

5

四月に入って、一通の手紙が、捜査本部宛てに届いた。手紙の中の差出人の名前は、北《きた》川《がわ》となっていたが、その封筒の住所は、大阪の刑務所になっていた。

それには、大阪の刑務所長の手紙が添えられていた。

十津川は、まず、添えられた所長の手紙のほうに、目を通した。

大阪の刑務所の所長は、手紙に、こう書いていた。

「こちらにいる無期懲役の北川広明《ひろあき》が、ぜひ、この一連の殺人事件の担当捜査官に手紙を書きたいというので、少しでも、そちらの参考になればと思い、北川の書いた手紙を、そちらにお送りいたします」

十津川は、興味を覚え、北川という男の書いた手紙に、目を通すことにした。

北川広明は、五年前、関西で、次々に、若い女を殺していった犯人である。殺した女の数は、全部で五人。

しかし、犯行時の、精神状態について、精神科医の鑑定を受けた結果、北川は、死刑にならず、無期懲役の判決を受けて、収監されていたのである。

その北川からの手紙だった。

6

それは、妙に、仮名の多い手紙だった。

「北川広明です。ボクは今、オオサカのケイムショに入っています。若いオンナを五人コロしたことによって、こちらのケイムショに入っています。

今、トウキョウとサイタマで起きている一連のジョセイサツジンジケンをシンブンで読んでいます。このハンニンはボクのマネをしているのではないか、そんな気がしてシカタがありません。

きっと、このハンニンも、ボクと同じように、ヤサしいカオをした色白の、どちらかといえば、カワイらしいカオをしたセイネンではないかと思います。このボクのソウゾウはキット、当たっているはずです。

ボクには、今回のハンニンのことが、何となく、よくわかるのです。

このハンニンは、キョウアクハンニンだから、オンナをコロすのではありません。ボクと同じように、オンナに対してヤサしいから、オンナをコロすんです。

ハンニンが、今何を考えているか、ボクにはソウゾウがつきます。

今は、オンナをコロしたチョクゴだから、すごくカンジョウがジュウジツしていて、キット、マンゾクして、オンナをコロした時のことをアタマの中でハンスウして楽しんでいるにチガいありません。

だから、ハンニンは、今はとても心オダやかで、オンナをコロすような気持ちにはなっていないと思います。

しかし、あと二カ月も夕つと、ハンニンは、夕えられないようなキガカン、ウえた気持ちになってくるのです。

ボクもそうでしたから、ハンニンの気持ちは、よくわかりますよ。

そして、彼は、家を出て、コロすオンナをサガすんです」


北川からの手紙には、そんな文字が並んでいた。

十津川は、読み終わると、それを亀井刑事にも見せることにした。

亀井が、読み終わったのを、見てから、

「どうだね？　カメさんの意見をききたいね」

「私は、この北川という男に会ってみたいと思いましたね。会って、直接話をしてみたい」

と、亀井が、いった。

「それなら、これから、大阪の刑務所に行って、この北川という男に、会ってみようじゃないか？」

と、十津川は、いった。

7

その日のうちに、十津川は、亀井と二人、新幹線で、大阪に向かった。

大阪の刑務所に着いたのは、その日の午後である。

所長には、北川の手紙を、送ってくれたことに対して、礼をいってから、

「ぜひ、この男に会って、話をしてみたいのですが」

と、十津川が、いった。

「では、すぐ、面会室で、会ってみてください」

と、所長は、いった。

その部屋で、十津川たちが、向かい合って座った相手とは、初対面だったが、もちろん、五人もの若い女を、次々に殺したこの事件は、全国的な事件であって、警視庁でも、その行方は、じっと、見守っていた。

今、十津川は、その犯人、北川広明に会って、改めて、

(優しい顔をしているな)

と思った。

「君の手紙を受け取ったよ。なかなか、面白かった。それで、君に、直接話をききに来たんだ。君は、東京と埼玉でのこの一連の、女性殺人事件を新聞で読んで、あの手紙をくれたわけだろう？　そこで、まず、君の考えを、ききたい。君は、捜査本部にくれた手紙の中で、犯人はきっと、優しい男だ。優しい顔をしていると書いているが、君は、どうして、そう思ったのかね？」

十津川が、きくと、北川は、小さく笑って、

「どうしてって、きかれても、困るんだけど、僕には、わかるんですよ。この事件の犯人は、間違いなく、気の小さな、優しい男に違いない。優しいから、その優しさで、女を完全に包んでやりたい。自分以外の男に渡したくない。そう考えて、次々に女を殺しているんですよ。犯人は、手紙の中で書いているじゃないですか。女は、俺の獲物だって」

と、いった。

「何が、どう、わかるというんだね？」

亀井が、じっと、相手を見た。

「ハンターの気持ちですよ。ハンターは、たとえば、トラが憎くて、トラを、撃つんじゃない。ハンターの男は、突き詰めていけば、獲物のトラとか、ライオンとか、何でもいい

んだけど、ワニでも、ゾウでもそうした獲物が、嫌いで殺しているんじゃないんですよ。逆に、そうした獲物が、好きなんですよ。好きだから、殺しているんです。完全に、自分のものにしたくてね。わかります？」

北川は、笑顔で、十津川を見、亀井を見た。

「何となく、わかるような気がするが、もっと具体的に、話してくれないか？　私が知りたいのは、今度の一連の、事件の、犯人像なんだ。捜査の助けになるようなことをいってくれないかな？」

十津川は、頼んだ。

「だから、手紙に、書いたんですよ。犯人は、女に対して、優しい男だって。その優しさが、てっぺんまで行って、あんなふうに、弾けてしまったんですよ」

北川は、禅問答みたいなことを、いった。

「じゃあ、君には、今度の事件の犯人の顔が、描けるんじゃないのか？」

と、きいた。

北川は、嬉しそうに、笑って、

「もちろん、描けるよ。いつも、新聞を読むたびに、僕の頭の中に、犯人の顔が浮かんでくるんだ」

「じゃあ、今ここで、その犯人の顔を、描いて欲しいね」

十津川は、すぐ、スケッチブックを持ってこさせて、それを、鉛筆と一緒に、北川に渡した。

北川は、しばらく、スケッチブックを見ていたが、急に、4Bの鉛筆を手に取ると、激しく描き始めた。

三十分もすると、

「できたよ」

と、いって、北川は、そのスケッチブックを、十津川と亀井の二人に見せた。

十津川は、そこに、具体的な男の顔が、描かれていると思って、期待をしたのだが、実際に、北川の描いた絵を見てみると、まるでピカソの絵のように、男の顔全体が、ねじれてしまっていた。

十津川は、ため息をついて、

「これが、今回の事件の犯人なのか？」

と、相手に、きいた。

「これは、僕の想像している犯人の顔なんだ。これで間違いないよ」

北川は、自信満々に、いう。

「しかし、この絵じゃ、具体的に、犯人の顔が、浮かんでこないな。悪いが、もう少し、誰の目にもわかるように、描いてくれないかね」

と、十津川が、いった。

「こんなに、わかりやすく、描いたのに、まだ、わからないのかなあ」

北川は、文句をいってから、また、スケッチブックに、向かって、4Bの鉛筆を動かし始めた。

今度も、三十分で、絵が出来上がった。

十津川と亀井が、それを見る。

今度は、ピカソではなかった。今度は、きちんと、若い男の顔が、そこには描かれてあった。

8

三十歳ぐらいの男の顔である。細面《ほそおもて》で、優しい感じの美男子に見える。

今流行の、枠のない、眼鏡をかけている。そして、スーツを着て、きちんと、ネクタイを締めている。

「この男が、今度の連続殺人事件の犯人なのか？」

十津川が、半信半疑で、きいた。

もちろん、すぐ、そのまま、北川が描いた絵を信じる気はない。

「もちろん、それが、今度の事件の犯人だよ。それには、スーツを、着せているけど、スーツじゃなくて、明るい色の、ジャンパーを着ているかも知れないよ」

「この絵の脇に、描いてあるナイフは、どういう意味かな？」

「ナイフだけじゃないよ。スプレーも持っている」

「どうして、この犯人は、ナイフを、持っていたり、スプレーを、持っていたりするんだろうかね？」

「その男、優しいけど、力はない。だから、用心のために、ナイフを持ったり、スプレーを持ったりしているんだ」

北川は、いった。

「しかし、今回の犯人は、今までに、女を四回襲っているが、その時に、一回もスプレーを使っていないんだ。ナイフで殺してはいるがね」

と、十津川は、いった。

「でも、彼は、間違いなく、持っているよ。自分を守るためにアメリカの警官が持っているようなスプレーを持っているんだ。元々、犯人は気が弱いから、そうしたものを持つことによって、自分が、強くなれるんだ」

北川は、説明する。

「もう一つだけ、君に、ききたいことがあるんだ」

と、十津川が、いった。

「今日は、もう疲れたよ」

急に、北川は不機嫌になり、黙ってしまった。

9

十津川は、亀井と二人、もう一度、翌日、大阪の刑務所を訪ねて、北川に会った。

「昨日の続きなんだが、君に教えてもらいたいことがあってね」

十津川が、まずいった。

「何をききたいんだ？」

「今回の事件の犯人なんだが、その男は、どうやって、獲物を、探すんだろう？　あるいは、何か基準を、持っていて、それにぴったりの獲物を探すんだろうか？」

十津川が、きくと、北川は、しばらく黙っていた。

何を考えているのかは、わからない。あるいは、自分が、関西でやった、五件の殺人のことを考えているのかも知れない。

十津川が、辛抱強く待っていると、やがて、北川は、

「僕は、輝いている、若い女を探していた。ただ、美しいだけの女には、まったく、興味がなかった。僕が、素敵だと思うのは、目をキラキラさせて、美しい笑顔で、つまり、いってみれば、輝いている女なんだ。そういう女を見つけると、闇雲《やみくも》に、自分のものにしたくなってくるんだ。ほかの男に、僕が発見した、キラキラ光る目や、笑顔や、美しさ、そんなものを見せてはいけない。僕は、そう思った。だから、僕がやったことは、すべて正当な行為なんだよ」

北川が、熱っぽく、いった。

「キラキラ輝いている女か。犯人は、そういう女を探しては、自分だけのものにするために、殺しているのか？」

「そうだよ。今度の犯人は、僕のマネをしているんだ」

「もう一つ、ききたい。今度の犯人は、二カ月ごとに、お祭りに行き、そのお祭りの中で、獲物を見つけて、殺しているんだ。どうして、犯人は、そんなことをするのかね？」

「僕が、獲物を探したり、自分のものにするために続けて殺人をやった時、僕にとって、女を殺すこと自体が、お祭りなんだ。だから、その日がお祭りならば自分を祝ってくれているようで気持ちがよかった。そうなんだよ。女を殺す時は、僕にとってもお祭りなんだ」

「そうだとすると、今回の犯人は、どうして、実際の、お祭りの最中に殺しているんだろう？　何か特別な理由があると、君は、思うかね？」

「今いったように、女を殺す時は僕にとってもお祭りで、その時は、やたらに、興奮する。今回の犯人も、実際のお祭りの中で、より、興奮したいのかも知れないな。いや、この犯人は、気が弱いから、自分で、自分のお祭りが、できないんだ。だから、本物のお祭りの中に入って、気持ちを高揚させて、自分のお祭りを作り上げるんだ」

「もう一つ、ききたいんだが、今度の犯人は、一年間休んでいる。こういう犯人が、一年間も休むなんてことを、君は、考えられるかね？」

十津川が、いうと、北川は、小さく、首を横に振った。

「一年間も、休むことなんて、絶対にできっこない。もし、できるなら、それは、犯人じゃない。犯人なら、欲求が起きてくると、それを、抑えることができないから、実行に、移すんだ。僕もそうだった。きっと、今度の犯人もそうだと思うね。だから、今まで、二カ月ごとに殺してきたのなら、今度も、間違いなくそうするだろう」

「去年一年間、何もしなかったのは、どうしてだと思う?」

「わからないね。もしかすると、実際には、続けて、自分のお祭りをしているのに、バカな警察が、それに、気づいていないだけなのかも知れないよ」

北川は、いって、薄気味悪く、ニヤニヤ笑って見せた。

10

二日後に、また、北川からの手紙が、送られてきた。しかし、今度は、手紙の中で、やたらに怒っていた。

「ボクは、ユウシュウなニンゲンだ。

ボクは、五人もの、オンナをコロした。五回、お祭りをやった。五人だ。

ボクは、マンゾクした。

ボクに比べて、今度のハンニンは、チノウシスウが、低いし、バカだ。

そんなハンニンを、どうして、テレビやシンブンはエラそうに、書き立てるのか、ボクには、わからない。

やっていることは、ボクと同じだ。ボクのマネをしているだけだ。

だから、今度のハンニンは、カンタンに、ツカまってもいいはずだ。

どうして、ツカまらないのか？

ケイサツは、やる気があるのか？

やる気がないのなら、ボクは、ケイサツには、一切キョウリョクできない」

今度の手紙には、そんなことが、書かれてあった。

11

これで、大阪の刑務所にいる北川からは、二通の手紙を受け取ったことになる。

十津川は、その二通の手紙を、どう扱っていいのか、わからなかった。最初の手紙には、北川本人の考える犯人像が、鮮明に書かれていた。

しかし、次の手紙は、悪口ばかりである。ひたすら、自分は優れていて、今回の犯人は、最低だ、バカだとけなしている。

ることにした。

十津川は、自分では、判断がつかなくて、その二通の手紙を、有名な、精神科医に見せ

その医者は、黙って、北川から送られてきた、二通の手紙を読んでいたが、顔を上げると、笑って、

「なかなか、面白い内容の手紙ですね。僕のような精神科医には、ひじょうに、参考になりますよ。ぜひ、この手紙をコピーして、僕にくれませんか？」

と、いった。

「それはいいんですが、二通目の手紙は、前の手紙とは、違って、やたらと、怒っていますが、これは、どう、解釈したらいいんでしょうか？」

十津川が、きいた。

「この手紙の主の、北川広明のことは、僕も、五年前に、事件があった時、なかなか興味深い犯人だと、思いましたよ。彼が、今回の犯人が、わかるといっているのは、たぶん、本当でしょう。自分も、同じことをしてきたから、きっと、わかるのだと思う。だから、その意味では、彼の意見は、参考になると思いますね。それから、今、十津川さんがおっしゃった、二通目の手紙ですが、この中で、彼は、やたらに怒っているでしょう？　彼にとって、五人もの女を、殺したことは、誇らしいことなんですよ。だから、まったく、反

省していません。いってみれば、この殺人は、素晴らしい、戦果なんですよ。だから、それを何回でも反芻《はんすう》して楽しみたい。ところが、北川のやったことを、真似する男が出てきてしまった。しかも、今、世間の目は、五年前の事件よりも、現在の事件のほうに、向いてしまっている。それが、北川には、悔しくて、ならないんだと思いますね。北川のような男は、いつも自分が主役で、喝采を浴びていなければ、いけないんですよ。彼が殺した、五人の女性の件について、五年前と同じように、マスコミが、大きく取り上げる。若い女性たちが、恐怖を感じて、外出をしなくなる。そんな事態が起きると、北川は、自分の力が、示せたと思って、嬉しくなってくるんですよ。ところが、今もいったように、大阪の事件が、解決してしまって、今は、東京と埼玉の連続殺人が、みんなの注目を集めていますからね。そうした事態が、北川には、どうしても、我慢がならないんですよ。精神を病んでいますから、冷静に、事態を、把握することができません。ひたすら、マスコミは、けしからん。この世の英雄は、今の連続殺人事件の、犯人なんかじゃない。自分なんだ。そう思っているんですよ」

「今の先生の説明で、何となくわかりましたが、私たちが、この北川の手紙に関心を持つのは、ただ一点、この北川が、手紙に書いているような男が、この一連の殺人事件の犯人なのかどうか、そのことなんですよ。もし、彼のいうことが、当たっていないのなら、私にとっては、何の、価値もありません。少しでも、北川の話が、今回の連続殺人事件の犯人に近いのなら、それを参考にしたい。そう思っているのですが、北川の書いたこの手紙、そして、彼が、今回の犯人だといって描いた、男の似顔絵は、実際の犯人と、似ているのでしょうか？　それを、教えていただけませんか？」

十津川は、真剣な表情で、きいた。

「僕は医者であり、実際の殺人事件を担当しているわけでは、ありません。ですから、気楽に、今回の連続殺人事件のことを考え、また、この北川という人の手紙を、冷静に見ることができるんですよ。ただし、北川のいっていることが、ピタリと、事実を明らかにしているかどうかは、僕には、わかりません。ひょっとすると、まったく別なこと、まったく、当たっていないことをしゃべっているのかも知れません。その可能性は、半々でしょう。ただ、僕は、医者ですから、この北川広明の話を、信用しますがね」

医者は、微笑した。

12

捜査会議は、紛糾《ふんきゅう》した。

北川広明の手紙と話、それに、彼の描いた犯人像の扱いについてである。

反対の急先鋒は、三上本部長だった。

「こんな話は、検討するにも値せんよ」

と、三上は、いった。

「第一、この北川広明は、連続女性殺人の犯人じゃないか。その上、犯行時の精神状態が不安定だったということで、死刑にならず、無期懲役になった男だ。自分の犯行も、謝罪していない。こんな男の主張が信じられるのかね？」

「逆にいうと、だからこそ、北川の話は、信用できると、私は、思いますが」

と、十津川が、いった。

「どこがだね？」

「もし、北川が、自分の罪を悔いて、申しわけない、申しわけないと、いっていたら、本当の気持ちを、いわないかも知れません。ところが、彼は、今、三上本部長がいわれたように、全く、反省していないのです。むしろ、自慢しています。だからこそ、本当のことを、喋っていると、私は、思うのです」

「しかし、この男は、正常な神経の持ち主じゃないだろう？」

「確かに、それは、ありますす」

「じゃあ、そんな男の主張は、信用できんだろう？　特に、彼の描いた犯人像なんか、なおさら信用できんのじゃないかね？」

「絵の場合は、私も、半信半疑ですが、彼の話は、信用してよい部分もあると、思っているのです」

「どうしてだ？　どこを信用するのかね？」

三上が、眉をひそめて、十津川を見た。

「今も申しあげたように、北川が、自分の犯罪を、全く、後悔していないことがあります。もう一つは、北川が、今回の犯人と同じように、続けて、若い女を五人も殺しているということです。似た殺人を実行した人間は、似たような精神状態にあるのではないかと、私は、思っています」

「北川の話の、どの部分が信用できるというのかね？」

「今回の連続殺人の犯人について、喋り、また、手紙に書いているところです」

十津川は、黒板に、その部分を書いていった。

○犯人は、女に優しい男である
○犯人は、色白で、かわいらしい顔をしている

○犯人は、女を憎んでいない。むしろ、愛している
○犯人は、きちんとした服装をしている。時には、明るい色のジャンパーを着ている
○女は、犯人にとって、獲物であり、殺すことに、誇りを持っている
○犯人は、非力な、気弱い性格なので、自分を守るために、いつも、ナイフを持ち、スプレーを持っている

十津川は、チョークを置くと、三上に向かって、

「この説明の中で、犯人に一致しているところも、あると思っています」

「北川広明本人は、どんな男なんだ？」

「やせぎすの三十五歳の男です。色白の美男子です。話し方も、おだやかです」

「そんな男が、どうして、五人もの女を殺したんだ？」

「精神科医にいわせると、北川と正常な男性の違いは、自分の欲望が、極端なところまで、行ってしまうことだそうです」

「極端なところ？」

「つまり、殺人です」

「よくわからんが？」

「北川は、気に入った女を見つけると、完全に自分のものにしたくなるんです。殺すことによって、完全に自分のものになる。死体は、他の男のものには絶対になりませんからね。それに、北川が女を見る目は、男のものというより、ハンターの目なんです。だから、殺すことが、快感なんです。北川も、いっています。狙った女を殺した瞬間、しびれるような快感が、身体を走る。それ以外では、快感を得られないそうです」

「北川という男も、五人の女を殺して、暴行はしていないのか？」

「いえ。彼の場合は、五人の中《うち》、三人に対して、暴行しています」

「じゃあ、違うじゃないか？」

「しかし、大事な点で、この二人には共通点があると、思っています」

と、十津川は、いった。

第三章　ハングルの国

1

北川広明が、もう一度会いたいと、所長を通じていってきた。亀井は、会う必要はないと、十津川に、いった。

「あの男は、刑務所を、出られませんからね。それで、退屈しているんですよ。もっともらしいことをいえば、警部が会いに行く。だからまた、警部を、呼びつけているんじゃありませんか?」

「確かに、そんなことかも知れないが、現在、われわれの捜査も、壁にぶつかってしまっているんだ。まもなく五月になる。五月になれば、間違いなく、蒼き狩人は、また祭りの時に、新しい犠牲者を、選んで殺すだろう。それなのに、どこの祭りで、新しい殺人を犯すのか、今は、その見当がつかないんだ」

「それを、北川広明が知っているとでも、警部は、思っていらっしゃるんですか？」

「いや、そこまでの期待は、持っていない。ただ何かのヒントを、得たいんだよ。とにかく、北川広明という男は、今回の蒼き狩人と同じことをやっている。つまり、今回の犯人と同じことを、考えていたんだ。そんな男ならば、ひょっとすると、何か、ヒントをくれるかも知れない。だから、ムダを承知で会ってきたいと思う」

「それなら、私も、行きますよ。北川という男が、本当に、蒼き狩人の、心理をつかんでいるのかどうか。私も、この目で見てみたいんです」

亀井は、強い口調で、いった。

二人は、刑務所でもう一度、北川広明に会った。

北川は、面会室で、二人を見るなり、笑って、

「その顔つきじゃあ、捜査は、壁にぶつかっているな。次の犠牲者が、どこで出るのか、見当もつかなくて、困っているんじゃないのか？」

見透かしたように、いった。

「こういう事件では、どうしても、犯人のほうが、主導権を握っているからね。今日は、何を話してくれるんだ？　もし、私を、からかうためだけに呼んだのなら、私は、すぐに

帰る」

十津川は、脅かすように、強い口調で、北川に、いった。

「気の短い人だな」

と、北川は、小さく、肩をすくめてから、

「あなたを、からかうために、呼んだんじゃない」

「じゃあ、何を話してくれるんだ？」

「まもなく五月になる。今度の犯人は、二カ月ごとに、女を殺しているから、五月になれば間違いなく、どこかの祭りで、また女を殺す。これは絶対に、間違いないと、僕は、思っているよ。連続殺人の犯人というものは、そういうものなんだ。二カ月、狩りをやらなければ、二カ月目には、どんな危険を冒してでも、狩りをやるさ」

「そんなことは、君にいわれなくてもわかっている」

十津川は、眉を寄せて、いった。

「しかし、あんたたちには、犯人が、どこの祭りで、新しい獲物を、探すのか、見当がついていないんだろう？」

と、北川が、きく。

十津川と亀井が、黙っていると、

「まもなく、五月だからな。あんたらも、相当焦っているに、違いない。それが気の毒だから、こうして、呼んだんだよ」

「それで、今度は、何を、教えてくれるんだ？」

「その前に、刑事さんに、ききたいんだがね。五月に入ったら、犯人がどこの祭りで、次の女を殺すと、思っているんだ？」

「五月の祭りで、いちばん華やかなのは、京都の葵祭だ」

「なるほどね。葵祭か」

「そのほか、五月に行われる祭りを、全部、マークしている」

「それは大変だ。警視庁だけじゃなくて、祭りの行われるところの県警は、総動員か。しかし、それで防げると思っているのかね？」

北川は、からかうように、笑った。

「協力する気がないんなら、私たちはすぐ帰って、捜査を続けなければならない。君のムダ話をきいているヒマは、ないんだ」

十津川は、そういって、腰をあげた。

「せっかちな刑事さんだな。僕だって、何も話すことがなくて、あんたたちを、呼んだんじゃない」

「じゃあ、何を話したいんだ？」

「ヒントを一つ上げたい。そう思ったから、あんたたちを呼んだんだよ」

北川が、思わせぶりに、いった。

「ヒント？」

「僕の経験を話そう。あれは、三人を殺した後だったと思うんだが、当然、三人も殺せば、警察の捜査が、厳しくなってくる。そこで、僕は、思い切って、日本の外に出てみようと思った。今時、気の利いた若い女性は、海外へ、遊びに出かけている。だから、別に、日本国内で、獲物を、探す必要はないんだ。そう思ったから、僕は、あの時、足を、日本の外に延ばしてみようと思った。日本の警察は、犯人がまさか、海外に出て、犠牲者を探すとは、思わないだろうからな。その時、僕が狙ったのは、韓国の祭りだ。韓国でいちばん、若い女たちが、集まる祭りがあるんだよ。当然、日本からだって、若い女が行くだろう。そう思って、その祭りに狙いをつけたんだ」

「どんな祭りなんだ？」

「五月のはじめに五日間にわたって、行われる春香祭というお祭りがある。知っているか？」

「いや、きいたことがない」

十津川が、いうと、北川は、

「困ったもんだな。春香祭というのはね、韓国では、いちばん有名な愛の祭りなんだ。ラブロマンスの祭りだよ。だから、韓国の女性なら、誰でも、知っている。それに、大変な人出になると、きいている。それで、国外へ脱出して、向こうで、その祭りを楽しみながら、観光に来ている日本の若い女性を、狙おうと思った」

「しかし、結局、殺人計画は中止にしたんだろう？」

「ああ、そうだ。パスポートは用意し、実際に韓国まで飛んだよ。しかし、僕は、中止にした」

「どうして、殺《や》らなかったんだ？」

「僕は、その春香祭という祭りを、よく知っていたから、当然、日本の若い女たちが、その祭りに、行くものだと思っていた。ところが、今のあんたと同じように、日本の若い女性たちは、ほとんど、その祭りのことを、知らなかったんだよ。だから、日本の女性たちは、その祭りに、集まらなかった。僕は、日本人だからな。韓国の女性を、殺す趣味はない。向こうで、いくら待っていても、新しい獲物が、来なければ、意味がない。だから、中止したんだ」

「それなのに、今回の犯人が、君のいうその春香祭という祭りに、行くと思っているのか？」

「行くと思っている」

北川が、自信満々に、いった。

「おかしいじゃないか」

と、亀井が、いった。

「君がいう通りなら、日本の若い女性は、その春香祭という祭りを、ほとんど知らないんだろう？　それなら、犯人が、その祭りに行って、日本からやって来る、若い女性を、待っていたって、獲物が、来ないということじゃないか？　それとも、今度の犯人は、韓国の女性も狙うとでも思っているのか？」

「いや、そうは思っていない。僕は、日本の女しか、狙わなかった。それは、殺す時、こちらの気持ちが、相手に伝わらなければ、何の面白味もないからなんだ。だから、僕は、外国人は狙わなかった。おそらく、今度の犯人だって、同じ気持ちだろう。僕は、獲物が感じた、恐怖や驚愕《きようがく》といったものが伝わってこなければ、殺し自体に、何の面白味も、感じられないんだ。今度の犯人だって、同じに決まっている。犯人にとって、女の恐怖やおびえや悲鳴は、ぞくぞくしてくるんだよ。それがなければ、意味がないんだ。だから、今度の犯人も、日本の女性以外は、狙わないはずだ」

北川は、自信満々に、いった。

「おかしいじゃないか？　私は、君にきくまで、韓国に、春香祭という祭りがあることを、知らなかった。ここにいる亀井刑事だって、同じだ。だとすれば、日本の若い女性だって、この祭りを、知らないだろう。知らなければ、それを、見物に行くはずはないんだ」

「確かにね。僕だって四人目の獲物を探す時、春香祭での犯行を考えたが諦めた。だが、今回は、自信を、持っていうよ。今回の犯人は、必ず、この祭りに行く」

「だから、どうして、君が、自信を持っていうのか、それを知りたいんだよ」

「実は、一昨日まで、僕は、あんたたちに、春香祭の話を、するつもりはなかったんだ。今度の犯人が、春香祭に行くとは、思えなかったからだ。しかし、昨日の新聞を見て、気持ちが、変わった」

「どう変わったんだ？」

「昨日、新聞を見た。その芸能欄に、春香祭の話が、載っていたんだよ。この祭りでは、日本の祇園祭のように、祭りの、ヒロインやヒーローに扮した男女が、行列を作ってねり歩き、それを、人々が見物する。ヒロインは、春香《チユニヤン》という十六歳の美しい女性で、ヒーローのほうは夢龍《モンニヨン》という美男子で、二人の間のラブロマンスが祭りになっているんだ。新聞には、今回の春香祭では、春香にあのチェ・ジウという女優が扮して、祭りに参加をすると、書いてあった。そして、男のほうのヒーローには、チャン・ドンゴンが、出演するというんだ。刑事さんも、この二人のことぐらいは、知っているだろう？」

「確か、チェ・ジウというのは、韓国の映画女優で、日本では、いちばん人気があるんだろう。チャン・ドンゴンのほうは、これも、韓国の有名な俳優で、韓流ブームも手伝って、日本の女性の間では、大変な人気だと、私は、きいているがね」

「これで、少しばかり、僕のいうことが、納得できたんじゃないのか？　僕も実は、今の韓流ブームとか、チェ・ジウとか、チャン・ドンゴンとかいう、向こうの俳優の名前は、知らなかった。それが、新聞を読んでいて、気がついたんだ。すごい人気だということにね。その二人の俳優が、春香祭に参加するとなれば、今まで、その祭りに行かなかった日本の女たちも、大挙して、出かけるんじゃないか？　当然、今回の犯人だって、僕が見たように新聞の芸能欄を、見ているだろうから、同じことを、考えるはずだ」

「私にいいたいことは、それで終わりか？」

「ああ、それで終わりだ。僕の話を生かすも殺すも、あんたらの、考えいかんだな。もし、僕のいったことが、参考になったら、あんたらは、韓国に行くだろう。そうしたら、僕に、旨いキムチを、土産に買ってきて差入れしてくれよ」

北川は、そういって、笑った。

2

捜査本部に戻ると、十津川は、昨日の新聞を、かき集めて、一紙ずつ丹念に見ていった。

なるほど、どの新聞の芸能欄にも、女優のチェ・ジウと、男優のチャン・ドンゴンの顔が、大きく写っていて、

〈五月初めの春香祭に、二人が参加〉

と書かれている。そして、この二人で、春香伝のリメイク版が映画化されるともあった。

この春香伝は、女性が泣ける、ラブロマンスなので、この映画ができれば、日本でも大当たりするだろう。

それに、春香祭に、チェ・ジウとチャン・ドンゴンが、出演するとなると、大挙して、日本の女性たちが、この祭りに、押しかけるに違いない。

そんな言葉もあふれていた。

十津川はどんな祭りなのか知りたくて、国会図書館に行き、春香祭について書かれた本と、春香伝そのもののストーリーが、翻訳されている文庫を借りて、目を通すことにした。

春香伝という本を、読んだ結果、わかったストーリーは、次のようなものだった。

西暦一七〇〇年から一八〇〇年の頃、李朝の時代である。現在の全羅道、韓国の南である。

そこに、月梅《ウォルメ》という妓生《キーセン》がいた。日本でいえば、芸者である。美しく、教養もあったこの妓生は、一人の娘を生んだ。

その娘の名前が、春香、韓国読みでいえば、チュニャンである。

春香は、母に似て美人で、心立てがいいので、評判の娘になった。

春香が十六歳の時、たまたま、ブランコに乗って遊んでいると、それを遠くから夢龍《モンニョン》という長官の息子が見ていて、一目惚れしてしまった。

二人は、恋人同士になった。

男のほうは、父のような役人になるためには、ソウルに行って、役人の試験を受けなくてはならない。いわゆる、科挙である。

そこで、春香と再会を約束して、夢龍は、ソウルに行った。

彼がソウルで勉強している間に、新たに、全羅道に赴任してきた役人は、平気で賄賂を取るし、女ぐせも悪い、悪代官だった。

その役人は、自分が、赴任した全羅道に、春香という、たぐい稀《まれ》な美人がいると知って、座敷に呼び、自分のいうことをきけと迫る。

しかし、春香は、ソウルに行った夢龍のことを、愛しているので、いうことをきこうとしない。

怒った悪代官は、罪を着せて、春香を拷問にかけ、それでもいうことをきかないと、牢に閉じ込めてしまう。

春香は、そのために、身体が弱り、死を考える。

何とかそのことを、ソウルにいる夢龍に知らせようと、下僕が、ソウルに、向かった。

その頃やっと、科挙の試験に、合格した夢龍は、検察官になって、全羅道にやってくる。

最初から検察官と名乗っては、人々をいじめるという悪代官の非道の行為を、明らかにできないので、わざと、乞食に身をやつして、全羅道の役所に、忍び込む。

その時、夢龍は、牢屋に閉じ込められている春香にも、会うのだが、彼が乞食の格好をしているので、春香は、嘆き悲しみ、母親の月梅に、自分が死んだら、自分の財産を全部売って、乞食になってしまった、夢龍に、きれいな服を、着せてやって欲しいと、頼んだ。

その後、夢龍は、役人たちの悪行の証拠をつかんで、検察官になって、乗り込んでくる。

悪い役人たちは、追放され、春香は、恋人の夢龍と、結ばれる。

簡単にいえば、春香伝というのは、そういう物語で、春香祭という祭りになっていて、韓国中から、祭り好きが、集まってきて、五日間にわたって、盛大な祭りとなる。

この物語は、今から、二百年以上前に作られたものだが、作者不明で、その多くは、パンソリと呼ばれる語り手（歌い手）によって、伝えられてきた。ラブロマンスであると同時に、また、役人の悪を懲《こ》らしめるという、勧善懲悪の話にもなっているので、大変な人気があると、本には、書かれていた。

3

捜査会議では、この春香祭に、刑事を派遣すべきか、また、派遣して、連続殺人事件の犯人の蒼き狩人を、逮捕できるかが、議論の的になった。

三上本部長は、否定的で、

「もし、犯人が、その春香祭に行っていなかったら、完全に、ムダ骨になってしまうじゃないか？　いや、ただ単に、ムダ骨になるだけではすまない。犯人が、その間に、日本のどこかで、新しい生《い》け贄《にえ》を探して、殺しを行うはずだから、マスコミに、叩かれるのは、必定だ。そのリスクを考えれば、刑事を、韓国にやるのは、反対だ」

「しかし、犯人が、韓国の春香祭に行く可能性は、かなり高いと、私は、思います」

十津川が、いった。

「君はどうして、犯人が、この春香祭に、出かけると思っているんだ？　その根拠を示して欲しいがね」

「今回の犯人ですが、一年余りのブランクがあります。一年余り、この犯人は、女を殺していないんです。それが、どうにもおかしい。不思議だと、私は、思っていました。ところが、もし、その一年余り、犯人が、日本以外で、犯行を重ねていたのであれば、一年余りのブランクの、説明がつくんです」

「君は、説明がつくというが、その証拠はないんだろう？」

「確かに、今は、ありませんが、現在、国外の祭りを調べて、その時に、日本人の女性が、殺されていないか、それを調べているところです。もし、問題の一年余りの中で、国外の、どこかの祭りで、若い日本女性が、殺されていれば、それは、間違いなく、犯人が一時的に、国外に出て、国外の祭りで、同じような、殺しをしたことになります。それが証明されれば、犯人が、五月の初めの、春香祭に出かけていく確率は、大きくなると、思っています」

と、十津川は、いった。

「それに、犯人は、警察に、送りつけてきたメッセージの中で、視野を広く持てというようなことを、書いています。今までは、それが、いったい何を、意味しているのかが、わからなかったのですが、国外で殺しをやるということなら、この言葉の意味も、自然とわかってきます」

十津川たちは、今まで、ブランクと考えていたその一年余りに、日本の外で、若い女性が、殺されていないかを調べてみることにした。

刑事たちは、去年の新聞に片っ端から、目を通していった。その結果、まず答えが、一つ見つかった。

それは、去年のクリスマスイブの日、十二月二十四日の夜、ハワイのホノルルで、遊びに来ていた、東京の女子大生が殺された事件だった。

彼女の名前は、菊地典子《きくちのりこ》、その時、二十一歳である。東京のN大学の、英文科の学生で、冬休みに、ハワイのホノルルに来ていた。

同じ大学の女友達二人と、三人でホノルルに行っていて、十二月二十四日のクリスマスイブに、ホテル主催のパーティに参加して、三人とも、ゴキゲンで、夜の浜辺を散歩した。

そのうちに、いつの間にか、菊地典子は、ほかの二人と、はぐれてしまい、歩いてホテルに帰ろうとした、その途中で、何者かに、殺されて、しまったのである。

彼女の胸には、サバイバルナイフが、深く突き刺さっていた。

新聞は、殺人そのものよりも、無警戒に、遊びに来ている、日本の若い女性に対する警告のような記事を、掲載した。

十津川は、ホノルルの警察に、電話をかけ、十二月二十四日の夜に、殺された、菊地典子の事件について、担当した日系二世の刑事から、話をきくことにした。

「一番知りたいのは、殺された女性の額に口紅で、二重丸が描いてなかったかということなんですが」

十津川がきくと、

「そんなものは、なかったと思いますが」

と、イノウエという刑事が、いう。

「本当に、ありませんでしたか？」

「とにかく、彼女は、二十四日の夜に、殺されて、発見されたのは、翌朝になってからなんですよ。海岸に横たわっていた死体で、波に洗われていましたから、その間に、口紅が、消えてしまったのかも知れません。今となっては、確認のしようがないんですが、その口紅の、二重丸というのが大事なことなんですか？」

逆に、イノウエ刑事がきいた。

「死体の写真は、当然、撮ってありますね？」

「ええ、死体が発見されてから、何枚か写真を撮っています。それに、司法解剖もしています」

「じゃあ、その写真を、もう一度、見てもらえませんか？　死体の額の辺りに、口紅で、二重丸が描いてないかどうか？」

十津川は、頼んだ。

「じゃあ、もう一度、写真を、探して、見てみますよ」

と、イノウエは、いい、三分ばかり、声がきこえなくなっていたが、その後で、

「今、写真を、全部調べてみました。額の辺りですが、薄く、口紅の跡が、ありましたね。しかし、波で洗われてしまっているので、はっきりと、それが、二重丸かどうかは、わかりませんね。何かイタズラして、口紅で塗った。それが消えかかっている。そんな感じなんですが」

と、いってくれた。

「もう一つ、調べていただきたいことが、あるんですよ」

「どんなことですか？」

「事件の直後ですが、ホノルル警察に、何か手紙のようなものは、来ませんでしたか？

メッセージのようなものですが」

と、十津川は、いった。

「それも、一度調べてみましょう」

イノウエは、気安くいった。

また、間があってから、イノウエ刑事は、

「今調べましたが、この殺人事件に関しての手紙やメッセージのようなものは、ありませんね」

と、いった。

「本当にないんですか？」

「別の事件の、メッセージなら、ありますよ」

イノウエ刑事が、いう。

「それは、どんなメッセージなんですか？　それに、どんな事件に関しての、メッセージなんですか？」

十津川が、やつぎ早に、きいた。

「クリスマスイブの日ですが、ハワイでは、ドンチャン騒ぎが、各地で起きていましてね。泥酔して、自動車事故を起こして、死んでしまった人間もいるし、ケンカも、何件か起きているんです。若い女性の誘拐事件も、一件起きていましてね。その誘拐事件に関する、メッセージが、見つかっているんです」

「どんな誘拐なのか、そして、そのメッセージが、どんなものなのか、それを教えて、いただけませんか?」

「今もいったように、クリスマスイブに、大騒ぎが、各所でありましてね。その中の一つのパーティから、若い女性、女子大生なんですが、これが、誘拐されてしまったんですよ。見つかったのは、二日後の、十二月二十六日でしてね。大騒ぎになりました。その時、ホノルル警察に、妙な、手紙というか、メッセージが、放り込まれたんです。それには、こんなことが書かれてありました。

『私は、このホノルルに来て、楽しい狩りをした。獲物は、ピチピチした女性だ。狩りが成功して、喜んでいる』、そのメッセージには、こう書いてありました。日本語ですよ。しかし、ここには、日本語が話せたり、書けたりする人が、何人もいますからね。あの誘拐犯人から、ホノルル警察に対する挑戦状と考えました」

と、イノウエ刑事は、いった。

「その手紙なんですが、署名は、ありましたか?」

「ええ、ありましたよ。今、ここにその手紙があるんですが、漢字で、蒼き狩人と、ありますね。ふざけた野郎ですよ。若い女性を誘拐しておいて、狩りをしたなんて、書いているんですから」

「それで、誘拐された女性は、助かったんですか？」

「二日後に、解放されました。しかし、犯人は覆面をしていて、顔はわからなかった。日本語を話していたから、日系の二世でしょう。被害者も、日系の二世なんですが、この誘拐事件は、その後、犯人が、見つからず、未解決になっています」

イノウエ刑事が、いった。

「もう一度、その手紙を、読んでくれませんか？」

と、十津川は、頼んだ。

「いいですよ。読みますよ。『私は、このホノルルに来て、楽しい狩りをした。獲物は、ピチピチした女性だ。狩りが成功して、喜んでいる』署名は、蒼き狩人、これでいいですか？」

4

十津川は、すぐ、三上本部長に、ホノルル警察の話を、知らせることにした。

「問題の一年余りの中で、十二月二十四日の、クリスマスイブに、ハワイのホノルルで、東京の女性が殺されました。この事件は、間違いなく、一連の事件の、犯人の仕業だと、私は、確信しました。その死体に、口紅で、赤い二重丸が描かれていなかったのは、二十四日、イブの夜から翌朝発見されるまで、死体が、波に洗われていたそうですから、それで、消えてしまったのだと、考えられます。もう一つ、これは、はっきりした証拠だと思うのですが、その時、ホノルル警察には、蒼き狩人と名乗る人間が、同じように、手紙というかメッセージを残しているのです。そのメッセージを、電話できいたんですが、『私は、このホノルルに来て、楽しい狩りをした。獲物は、ピチピチした女性だ。狩りが成功して、喜んでいる』、そして、署名は、蒼き狩人とあったそうです。まずいことに、その時ホノルルでは、若い女性が、誘拐される事件があって、その直後に、このメッセージが届いたので、ホノルル警察では、てっきり誘拐犯人が、挑戦状を送りつけてきたと、思い込んでしまったんです。しかしこれは、明らかに、東京や埼玉で起きている一連の殺人事件の、犯人と同一人が、向こうで、メッセージを残したと、私は、断定していいと思います」

「今、君がいったことは、間違いないんだな？」

「間違いありません。ホノルル警察には、問題のメッセージを、送ってくれるように、頼んでありますから、それが届けば、更に、確信が持てると、思っています」

十津川は、きっぱりと、いった。

数日後、そのメッセージが、ホノルル警察から届いた。

十津川は、それを、三上本部長に見せて、

「文章も、蒼き狩人という署名も、まったく同一です」

「なるほど。確かに、私も、間違いないと、思うね」

と、三上は、いってから、

「こうなると、君は、韓国の春香祭に行きたいというに、決まっているが、犯人が行くのは、どのくらいの確率だと、思っているんだ？」

「このホノルルの事件が、わかってからは、百パーセント、犯人は、この祭りに行くと、私は、思っています」

「それで、君は、何人の刑事を、連れていけばいいと、思っているんだ？」

「そうですね。できれば、多いほどいいですが、しかし、最少でも、私を含めて、五人の刑事、それに、通訳を一人、同行したいと思っています」

と、十津川は、いった。

十津川は、三上と相談しながら、自分を含めて全部で五人の選考をした。

亀井刑事、西本刑事、日下刑事、そして、女性の北条早苗《ほうじょうさなえ》刑事の五人である。それにもう一人、通訳を、連れていくことにした。

十津川が選んだのは、在日の日本名、金子晴美、韓国名はキムという、二十五歳の女性だった。

5

十津川たちは、五月三日に、韓国に向かうことになった。

その際、捜査本部が、犯人によって、見張られている可能性があった。それを考えると、通訳を含めて、六人がひとかたまりになって、成田を出発して、韓国に向かうのは、得策ではないと、十津川は、判断した。

十津川たちが、韓国に行くことがわかれば、犯人は、春香祭での殺人を、諦めて、別のところで、新しい殺人を犯す可能性があったからである。

そこで、十津川たちは、バラバラに、韓国に向かうことにした。十津川ももちろん、一人である。

羽田からチャーター便の大韓航空で、一人、韓国に向かった。飛行機は、金浦空港に着く。

普通なら、ソウルの、ロッテホテル辺りで合流するのだが、犯人もまた、ロッテホテルに行く可能性が、大きかった。

そこで、通訳の金子晴美、韓国名キムにあらかじめ、頼んでおいて、ソウル郊外の小さなリゾートホテルで、合流することにした。

そこには、日本人の観光客は、いなかった。最高でも、十組しか泊まれないという、小さなリゾートホテルである。

十津川は、刑事たちを、そのリゾートホテルの、ロビーに集めて、今後の捜査方針をもう一度、確認することにした。

「問題の春香祭だが、光州市の近くの南原《ナムウオン》市で、五月六日まで、行われる。光州市は、このソウルから、新しい韓国の新幹線KTXで、約二時間半で到着する。私が、日本の旅行会社にきいたところ、韓国の有名な女優と男優が、この春香祭に、出演し、続いて映画も撮るということが、わかってから、日本女性の、団体客が、大挙して、光州市に行くらしい。その女性たちは、たぶん、もの珍しさも手伝って韓国の新幹線KTXを、使って光州に、行くだろう」

十津川が、いった。

「それに、犯人も、光州に行くでしょうね？　犯人のいい方を、借りれば、獲物が、日本から大挙してやって来て、犯人の好きな、祭りに参加するわけですからね」

亀井が、苦笑しながら、いった。

「われわれも明日、KTXを使って、光州に向かう」

「その車内で、犯人と、鉢合わせしてしまう危険は、ありませんか？」

西本が、きいた。

「確かに、その危険はある。その上、犯人の顔はわからん。だから、われわれは全員、こうして、観光客の格好をしているし、列車には、固まって乗らずに、バラバラに、乗ることにする」

と、十津川は、いった。

まだKTXは、日本の新幹線ほど本数が出ていない。一時間何本も走っていないし、特に光州行きに、限定すると、一日九本だけである。

その九本に、十津川たちは、バラバラに乗ることにして、切符を購入した。

光州行きのKTXは、ソウル市内でも、ソウル駅から出発するのではなくて、少しばかり離れた、龍山《ヨンサン》から出発である。そのいちばん早い列車、午前五時二十五分、龍山発のKTXに、十津川は亀井と二人で、乗ることにした。

リゾートホテルから、早朝、二人は、タクシーで、龍山駅に向かった。

龍山駅は、韓国の、鉄道の夜明けを示すように、鉄骨とジュラルミンと、そしてガラスでできた、近未来的な感じの駅だった。

龍山周辺には、電機メーカーや電気製品を販売する店が多いというだけあって、龍山駅の構内にも、テレビの大きな広告が、ついていたりする。

だだっ広い駅のコンコースには、五時を過ぎたばかりの早朝にもかかわらず、乗客が集まっている。その乗客の中には、兵隊の姿も、ところどころに、見えた。

明らかに、日本人のグループとわかる一団もいる。そのほとんどが、女性だった。おそらく、チャン・ドンゴンかチェ・ジウの、ファンなのだろう。

それを見ると、日本女性のグループは、十津川たちと同じように、ＫＴＸで、光州に向かうように見える。

十五分前に、改札が始まった。

新幹線ＫＴＸのホームに行くと、すでに、光州行きの列車が入っていた。

日本の新幹線とは、方式の違うフランスのＴＧＶ型である。先頭と最後尾に、動力源の機関車を配し、その間に、十八両の客車をはさむ。全部で二十両編成で、長さは三八八・一〇四メートル。日本の東海道新幹線よりやや短い。

ＫＴＸのプラットホームは、極端に低いので、停車中の列車の乗降口には、自動的に、補助板《ステップ》が出るようになっている。

十八両の客車の中、日本のグリーンにあたる特室が四両、普通にあたる一般室の中、指定が十二両、残りの二両が自由である。

もちろん、十津川と亀井は、一般室に乗った。

面白いことに、特室は、全席が回転式で進行方向に向くが、一般室の方は、固定式である。それも、半分が逆方向を向いているのだ。従って、一般室の乗客の半分は、進行方向に向かって座れるが、半分は、逆方向の座席に座ることになる。そのため、逆方向のシートは、安い料金になっていた。

十津川と亀井の二人は、幸い、6号車の進行方向の座席に腰を下ろすことが出来た。

各車両の半分の座席が、反対方向、それも、お見合いの形で、固定されているから、真ん中の座席は、当然、向かい合う形になる。それで、その座席の間に、テーブルが、設けてあった。

定刻の五時二十五分に発車。

ほとんど、ゆれがない。音も静かである。

冷風の吹き出し口が、窓際に作られているので、それに気付かずに、窓の方向にもたれていた十津川は、腕が冷たくなって、あわてた。

車両の天井から、突き出す形で設けられているテレビで、韓国語、英語、中国語、日本語の順に、車内放送があった。

十五年ぶりに、韓国へ来た十津川は、漢字が減って、ハングルばかりのようになっていて、戸惑っていた。漢字だと、だいたいの意味が、わかったからである。

それで、日本語の車内放送には、正直、ほっとした。

列車のスピードが、どんどん、あがっていく。テレビ画面の数字が、250、288、300と、あがっていき、304になった。画面は、アメリカ映画をやっていて、その数字が、遠慮がちに、小さいのが、面白かった。

ソウル市街を抜けると、窓の外に、田園風景が広がった。

十五年前、十津川は、ソウルから、プサンまで、当時の最新の列車、ジーゼルの「セマウル号」に乗った。

その時も、ソウル市街を抜けると、朝鮮らしい田園風景になった。しかし、今と、決定的に違う点があった。

十五年前には、車窓の田園風景は、長く、広かった。それが、今は、田園風景の中に、突然、蜃気楼《しんきろう》のように、超高層ビルのかたまりが、浮かびあがってくるのである。

だろう。

現在の韓国も、日本と同じように、都市部が、どんどん、広がって行くということなの

十津川は、途中で、携帯を使って、他の刑事たちと、連絡をとった。

通訳のキムさんのサジェスチョンで、金浦空港に着いたとき、全員が、携帯を、借りた。

連絡用にである。

西本と日下は、八時三十五分龍山発の列車、早苗と、通訳のキムさんは、十五時三十五分龍山発の列車で、光州に向かうことにしてあった。

連絡のあと、十津川は、日本語訳の『春香伝』に、もう一度、眼を通すことにした。

何しろ、二百年以上前の物語である。美文調で、大げさな表現が面白い。

ヒロイン春香の紹介は、こうなっている。

〈その可愛がる様は何に喩《たと》えられましょう。名を春香《チユニヤン》と呼び、玉よ宝よとはぐくめば、孝類《たぐ》いなく慈しみ、七つ八つの頃より、書物に励み、礼儀正しきみめかたち、貞節とともに一邑《じようか》に聞えました。〉

一方ヒーローの姿は、こう紹介される。

〈このとき、使道《さつとう》の若様李道令、よわいは二八で、風采《かお》は杜牧之《トボクシ》、度量は蒼海、智慧は活達、文章李白で、筆法王羲之――〉

この二人が、五月五日の端午の日に出会うのだが、この日の春香の姿は、こう描かれている。

〈その様はと申せば、蘭《らん》の黒髪深く垂れ、金のかんざし斜めにさし、羅《きぬ》の裙《ちま》にて包める腰、水辺に垂るる柳糸《やなぎ》のごと、しゃなりしゃなりと歩み来て、沓音《くつ》軽く森わけ入れば、今を盛りの花草木、金の芝生のそこここに、ほととぎす鳴く枝高く――〉

このあと、春香が侍女の香丹と、ブランコにたわむれるのを、若様が、目撃するのだが、その場面の描写も、美文調である。

〈百丈柳の大木に、すぐりて掛けるゆさわり縄、水禾紬《すあじゅ》緑の上襲い、藍《あい》の薄絹表裳《うわも》を脱ぎ、側なる小枝にひらりと掛け、紫すかしの帯解き捨て、下裳《ちま》胸まで引摺り上げ、麻の二縄手に分け持ち、足袋のままにて踏まえて立ち、柳よ糸よと身を振る様、後姿は、玉のかんざし、銀のくし、前はと見れば、こはくの粧刀《こがたな》、ひすいの繖刀《しょうとう》、うすぎぬの重ねの上衣《ちょこり》にともの結紐。「香丹、押しやれ。」一踏み二踏み、力を入れてこげば、ゆれるぶらんこに立つ花ぼこり、前や後の小枝の数々、地面もろともゆれ退り、ひらりゆらりとなびく下裳《ちま》、その朱色の下裳のもすそは、雲間を走る雷《いかずち》か、前かと見れば、はや後。そのさまは、つばくろの、散りゆく桃の花片を追うがごと、花嵐に、蝶の対をば従うがごと、まさしく巫《フ》山《ザン》の仙女が雲に乗り、陽台の上に降り立つがごとく――〉

「面白いですか?」

と、亀井が、きく。

「ああ、面白い。大げさな美文調が、不思議に、面白いんだよ」

「美文調がですか?」

亀井が、戸惑っていう。

「読んでいると、気持ちよくなってくるんだ」

十津川は、ラストに近い場面を、声に出して、亀井に聞かせた。二人の再会の場面である。

〈御史《ぎよし》（夢龍）が申すには、「春香、顔を上げてわしを見よ。」春香が顔を上げて台上を見ますれば、こは如何に、昨夕乞食の姿で逢いに来た若様が、御史の出立《いでた》ちして、そこに坐って居るではありませぬか。半ば溜息、半ば涙声にて、「あな、うれしや、御史がうれしや。南原邑内秋風立ちしに、木の葉散る先、客舎に春が来、李花に春風、春香たけなわ。夢かうつつか、もし、これが夢ならば、永遠《とわ》に覚めぬ夢であればよい。」と、暫し泣きまする――〉

八時十七分、列車は、終点の光州に着いた。光州は、雨になっていた。

第四章　南《ナム》　原《ウォン》

1

光州から、祭りの行われる南原《ナムウォン》まで、高速バスが走っている。車で一時間足らずの距離である。

十津川は今日は、南原まで行かず、光州市内のホテルに泊まることにした。

南原にも、旅館は、かなり、あると、きいていたが、おそらく、韓国中からやって来る、観光客で、一杯だろう。それならば、今日は、光州市に泊まって、当日に、南原に、行けばいい。そう考えたのである。

光州市内のホテルや旅館は、さすがに、ソウルのような、巨大なものはない。いずれも中程度のホテルだった。

十津川と亀井は、予約しておいたホテルに、チェックインした。

後続の西本や日下、北条早苗、それに、同行する、通訳のキムも同じホテルに、来ることになっていた。

日本人観光客について、フロントで、英語できくと、

「今のところは空いていますが、午後三時過ぎになると、日本から、二十名の団体客が来ることになっています。いずれも女性ばかりで、あなた方と同じように、南原に、祭りを見に行く観光客です」

と、知らされた。

ホテル内のロビーにも、レストランにも、春香伝の、祭りの文字と、愛する二人の絵が、いくらか、漫画調に、描かれて、貼られてあった。

そのほか、リメイク映画で、二人に扮する韓国の俳優チャン・ドンゴンと、チェ・ジウの大きな写真も、飾られている。

ソウルに残っている、北条早苗に電話をすると、

「これから、日本人の団体と、市内見物に行くことになってしまいました。女性ばかり二十人の団体で、どうやら、彼女たちは、私たちと、同じように、ＫＴＸで、光州に行くようです。たぶん、南原の、春香伝の祭りを、見に行くのだと思います」

「どうして、その団体と、一緒になったんだ？」

「通訳のキムさんと一緒に、ホテルを出て、ソウル市内の様子を、見て回ろうとしたら、その団体と、ぶつかってしまったんです。こちらを日本人と知ったらしくて、一緒に、ソウルの街を見物しませんかと、誘われました」

「どういう団体なんだ？」

「今いいましたように、女性だけの団体で、チャン・ドンゴンと、チェ・ジウの熱烈なファンだと、いっています。おそらく、こういう、団体が、何組も、日本からやって来て、春香祭に集まるんじゃありませんか？　ですから、一応、こうした団体の雰囲気も調べておこうと思いまして」

と、早苗が、いった。

「わかった。しかし、ＫＴＸの時間には、遅れるなよ」

と、十津川は、念を押した。

2

早苗と、キム通訳は、半ば強引に、貸し切りの、大型バスに、乗せられてしまっていた。

バスの中は、日本人の女性ばかり二十人、それに、韓国人の、通訳がついていて、熱気であふれていた。

女性たちは、二十代から四十代まで。いずれもバッグの中に、チャン・ドンゴンとチェ・ジウの写真を、入れている。

明日は、南原の祭りが、クライマックスを迎えるので、それに、間に合わせるために来たらしいのだが、二十人の女性たちは元気一杯で、今日は、せっかく、韓国に来たのだから、買い物を、楽しみたいというのである。

早苗が、彼女たちに、これから、行くところをきくと、南大門《ナムデムン》市場と、明洞《ミヨンドン》、それに、その周囲にある仁寺洞《インサドン》、革製品が、安いといわれる梨泰院《イテウオン》を回るのだという。

どうやら、日本出発前から、どこに行けば何が安い、何がうまい、そういうことを、全員で調べてきていて、韓国人の通訳に、とにかく、そこを、回ってくれと頼んでいるらしい。

早苗は、その一人から、これから回るソウルの地図を、見せられた。

そこには、ソウルタワーを、中心にした南大門、明洞といった有名な、買い物のスポットが、描かれてあった。

「ソウルで買い物を済ませたら、南原に行くんですか?」

早苗が、きくと、

「今日は、買い物だけを、考えるつもり。そして、明日は、南原の、お祭りに行って、何とかして、チャン・ドンゴンとチェ・ジウの写真を撮って、二人のサインをもらおうと思っているんです」

と、全員が、いうのである。

彼女たちの話によると、羽田空港には、自分たちのほかにも、韓国行きの便を、待っているグループがいくつもあったということだった。

まず、ソウルでいちばんの繁華街といわれる、明洞に行き、それから、南大門に行き、その途中で、彼女たちは、予約しているレストランに入って、韓国名物の参鶏湯《サムゲタン》で昼食を摂った。

参鶏湯は、若鶏を一羽、丸ごと、使うスープで、餅米やナツメ、高麗人参などを、その鶏のお腹に詰め込んで食べる、かなり贅沢な食べ物である。

二十人が、ドッとその店に押しかけて、ビールを飲んだり、ワインを飲んだりしながら、参鶏湯を、頬張る様は、なかなか、壮観なものだった。

その食事が済むと、まっすぐ、これも、予定していた、梨泰院に向かった。

ここには、有名な、革製品の店があって、どうやら、彼女たちは、最初からそこに、狙いをつけていたようで、彼女たちを、乗せたバスは、その店の前に、停まった。

韓国に、よく来る日本人たちには、有名な、店らしく、中に入ると、日本人の、タレントの写真や、色紙が、何枚も飾ってあった。

店に着くと、早苗は、携帯で、十津川に、連絡を取った。

「今、彼女たちと、有名な革製品の店に、来ています。ここは、オーダーで作ってくれるらしくて、彼女たちは、革のコートや、スカート、それにバッグなどをものすごい勢いで、注文しています。私も、スカートを、一着作ろうと思っています。安いですから」

と、いった。

「それで、今君と、一緒にいる女性たちだが、どんな、様子なんだ？」

「今は、安い革製品を、買うので、一所懸命ですが、全員が、チャン・ドンゴンとチェ・ジウの写真を、持っていますから、南原の、祭りに行ったら、大騒ぎになるんじゃありませんか？　ほかにも、いくつかの、日本人のグループが行くようですから」

「今、君のいる店は、そんなに、有名なのか？」

十津川が、きく。

「ええ、かなり有名らしいですよ。とにかく、ものすごい数の、革製品が陳列してあって、それと似たものや、こちらの寸法に、合わせたものを、簡単に作ってくれるようですから。

ああ、それから、ここは、婦人物が、多いのですが、例のチェ・ジウの、大きな写真が、飾ってあります。彼女が、この店で、革製品を買ったのかどうかは、わかりませんが、この写真も、効果があって、日本人のお客を呼んでいるんだと思います」

早苗が、携帯で話しながら、店の売場に、目をやると、大変なことに、なっていた。

二十人の日本の女性が、それぞれ、気に入ったコートや、スカートやハンドバッグなどを、持って、三人の店員に、いろいろと注文をつけているのだ。

コートを持った女性は、もう少し、丈を短くして欲しいとか、スカートを持った、女性は、胴回りを、もう少し縮めてくれとか、そんな要求を、一斉に並べ立てている。

店員たちが、巻き尺を持って、一人一人の丈や、胴回りを、測っては、忙しそうにメモしているのである。まるで、戦場だった。

それが、一時間も続いた後、潮が引くように、女性たちは、店の前に停まっているバスに、引き上げていった。

これから龍山《ヨンサン》駅に向かい、そこからKTXに乗って、光州に向かうのだという。

早苗は、その一行を、見送ってから、もう一度、十津川に電話をかけた。

「今また、この店に、日本人の、女性のグループがやって来ました。人数は、十五、六人といったところですが、彼女たちも、明日になれば、南原に行って、春香祭を見るんだと思います」

「君も、そこで、革のスカートを注文したのか？」

十津川が、きく。

「ええ、注文しました。日本に比べて、三分の一ぐらいの、値段ですよ。警部も、奥さんにどうですか？」

早苗が、微笑しながら、いった。

3

十津川が、早苗との、電話を済ませると、また、彼の携帯が鳴った。東京の、本多捜査一課長からの電話だった。

「例の北川広明だが、君に伝えたいことを、また思い出した。そういっている」

「どんなことを、私に、伝えたいといっているんですか？」

「それが、なかなか、簡単にはいわないんだ。それで退院した三田村刑事を、大阪の刑務所に行かせて、きいてくるように、いってある」

「今さら、何をいおうというんですかね？　もうすでに、きくべきことは、すべてきいてしまっていますが」

十津川が、首をかしげて、いった。

「ちょっと待ってくれ。今、三田村刑事が戻ってきた」

本多が、いい、電話を、三田村と替わった。

「大阪で、北川広明に、会ってきました」

「北川は、何を、いっているんだ？」

「簡単なことですが、それを、私が、そちらまで行って、警部に直接お伝えしたいと思っているのですが、構いませんか？」

三田村が、きく。

「電話では、いえないのか？」

「いえ、いえますが、できれば、話をきいた時の、北川広明の様子も、お伝えしたいのです。本多一課長にも、なんとか許可をもらいますので、ぜひ、そちらに行かせてください」

「それなら、すぐに来たまえ」

十津川は、いった。

北条刑事を、こちらに連れてきて、彼女といつも、コンビを組んでいる三田村刑事を連れて来なかったのは、彼がまだ療養中だったからだった。

しかし、三田村のケガは、すでに治っていて、本人が、すぐ韓国に飛びたいというのである。

「念を押すが、もうケガは、大丈夫なんだろうね？　大丈夫なら、ぜひ、君にもこちらに来てもらいたい」

十津川は、それを、確かめたかったのだ。

その日の、午後七時近くになって、北条早苗が、キム通訳と、ホテルに到着した。西本と日下の二人は、すでに、到着している。

早苗がいっていた、二十人の日本女性の団体も、ほとんど同時に、ホテルに、入った。

それまで、静かだったホテルが、急にやかましくなった。二十人の日本人女性のグループは、早苗がいっていたように、二十代から四十代まで、バラエティに、富んでいる。

到着するとすぐ、彼女たちは、ホテル内のレストランで夕食を摂り、その後、今度は、一斉に明日の南原でのお祭りに、備えて、プラカードを、作り始めた。

韓国人の通訳に、教えてもらって、めいめいが、自分の作ったプラカードに、ハングルで「会いたかった、チャン・ドンゴン様」とか「あなたが好き、チェ・ジウ様」などというメッセージを、書いている。

中には、二人の俳優の、大きな写真パネルを持ってきて、それを、段ボールで作ったプラカードに貼りつけ、その写真の上に、これも、ハングルで「アイ・ラブ・ユー」とか「サインして」とか、そんな文字を、書き込んでいる。

夜おそくなって、二十二時二十七分、光州着の列車で、三田村が到着した。思ったより元気で、十津川を見ると、ニッコリして、

「医者が、驚異的な、回復力だとビックリしていましたから、こうして、光州に、来られました」

と、いった。

「君の話では、あの北川広明に、会ってきたというが、あの男は、今になって、いったい何を、私に、いいたかったんだ？」

「北川がいったことを、正確に、お伝えします。彼は、こういいました。北川は、日本で、何人もの若い女性たちを、祭りの時に殺し、また、韓国でも、祭りの時に、そこに来た日本の若い女性を、殺そうと計画したと、そういっているんですが、今から、よく考えてみると、日本の祭りの時と、春香祭の時とでは、選ぶ女性の基準が違っていた。それを、思い出したので、十津川警部に、伝えたい。そういうんです」

「北川は、どこが、違うといっているんだ？」

「彼は、南原の春香祭にも行きましたが、その時は、日本人の女性が、来ていなかったので犯行は中止した。それで、その時の気持ちの違いが、わからなかった。今考えてみると、日本の祭りの場合は、祭りに来ている若い女性、美人で、どちらかといえば、大人しそうな女性を、狙った。そういっているのですが、海外に行くと、どうしても、祭りの場で、いちばん目立っている女性を、狙いたくなってくる。それは、今度の犯人も同じだろう。だから、春香祭に、集まった日本人女性の中で、いちばん、目立った女性を、狙うに違いない。そう伝えてくれ。北川広明は、そういったんです」

「北川がいったのは、それだけか？」

「私は、これは、間違いないのか？　国内の祭りの時は、むしろ、大人しくて、目立たない女性を、狙ったが、海外の場合は逆に、祭りの中で、いちばん目立つ、日本人女性を殺したくなる。そういう気になると、君は、いうんだなと、念を押しました」

「そうしたら、北川は？」

「間違いなく、そういう気持ちに、なってくる。彼は、そういっていました。笑って、いませんでしたし、厳しい顔でいっていました。彼は多分、自分と、今度の犯人とを重ね合わせているのかも知れません。自分が海外の祭りに行った時は、そういう気持ちになっていた。だから、今回の犯人も、同じ気持ちになる筈だと、確信しているようです」

三田村が、いった。

「明日の春香伝の祭りには、韓国中からたくさんの観光客が、集まってくるはずだ。今、韓流ブームで、確かに、日本人の女性も、祭りにやってくるだろうが、韓国人の女性に比べれば数は少ないものだ。その祭りの中で、日本人かどうかを、確かめるために、北川ならどんな方法を取るのか、それを知りたいのだが」

十津川が、きくと、三田村は、うなずいて、

「私も、それが、気になったので、北川にきいてみました。そうしたら、彼の答えはこうでした。海外の祭りだから、その祭りに、黙って参加している、日本人の女がいてもその女性が日本人かどうかは外見では、簡単にはわからない。特に、アジアの祭りの場合は、わからないだろう。しかし、目立つ日本人の女というのは、どこにもいるものなんだ。そういう日本人の女は、例えば、祭りの中に、飛び入りで参加したりする、そういう女がいるものなんだ。だからこそ、今もいったように、その祭りの中で、日本人として目立つ女、そう限定して、俺は春香祭の時、犠牲者を、選ぼうとした。今度の春香伝の祭りだって、その祭りの中で、必ず目立とうとする日本人の女がいるはずだ。俺が犯人なら、必ず、そういう女を狙う。北川は、そういっています」

「北川がいったというその言葉は、頭に入れておくよ」

十津川は、そういってから、他の刑事たちに向かって、

「明日行く南原という街だが、通訳のキムさんの話では、明日は、たぶん、南原の街は、春香祭一色になるだろう。韓国中から、観光客が来る。だが、日本人として、心得ておいてもらいたいことが、一つだけある。それは、この南原が十六世紀には、日本の軍隊、秀吉の軍隊に占領されたことだ。その戦いで一万人もの韓国の人々が、死んでいるということだ。この街には、その犠牲者たちを祀《まつ》った、万人義塚と呼ばれるものがある。明日は、賑やかな愛のお祭りだから、われわれが、日本人だと知っても、昔の戦いのことを、問題にする人は、いないだろう。そう思うが、一応、南原という街が、そういう歴史的な背景のある街だということも、心得ていて欲しい」

十津川は、厳しい顔で、いった。

翌日、ホテルで、朝食を済ませてから、十津川たち六人に、キム通訳を入れた七人は、小型のバスで、南原に、向かった。

同じホテルに、泊まっていた例の二十人の女性たちは、そのときは、もう先に出発してしまっていた。おそらく、一刻も早く、南原に行って、いい場所を、取りたいと、思っているのだろう。

南原が近づくと、祭りを、知らせるアドバルーンが、いくつも、空に浮かんでいた。花

火も、上がっている。

市内に入ると、メインストリートには、交通規制が敷かれていて、道の両側には、人々が並んで、腰を下ろしていた。この通りを、春香伝の行列が通るので、今からそれを待って、場所取りを、しているらしい。

歩道には、いろいろな屋台が、ズラリと並んでいる。かけ声がかかってくる。

十津川たちの乗ったミニバスは、祭りの行われる広場のほうに、入っていった。広い駐車場には、すでに、何台もの車や、観光バスが停まっている。その観光バスの中には、フロントに、日の丸をつけたものがあった。日本の観光客を、乗せてやって来たバスだろう。

十津川たちは、バスから降りると、まず、これから行われる、祭りについて、下調べして、見て、回ることにした。

広い公園の中に、春香伝の舞台になったといわれる、広寒楼《クアンハンル》と呼ばれる古い建物もあった。ここで、春香と恋人の李夢龍《イモンニヨン》が、愛を誓ったという。

大きなブランコも、用意されていた。

春香伝によれば、ヒロインの、春香がブランコを楽しんでいて、それを、夢龍という若者が、見初めて、愛が始まったといわれている。今日は、まず、プロの人たちがブランコを、漕いで見せた後、飛び入りで何人もが、ブランコの腕前を競う。そして、いろいろと、賞品が、出るらしい。

一緒に歩いていたキム通訳が、

「外国人の部もあるようですから、たぶん、日本人も、飛び入りで、参加するんじゃありませんか?」

と、十津川に、いった。

そのブランコのそばには、小さな子供用のブランコも、作られていて、こちらは、子供たちがすでに集まっては、ブランコを、漕いでいた。

春香伝という物語に、合わせて、作られた橋や池があり、ブランコと、反対側の広場には、舞台が作られて、マイクや照明の準備が、行われていた。そこで、パンソリの大会が、開かれるという。

パンソリというのは、一人の歌い手が、太鼓だけの伴奏で長い物語を歌ったり、語ったりする芸能で、今からここでは、春香伝を語るパンソリが行われ、優勝者が、決まるのだという。

同じ舞台では、ミス春香の、コンテストも行われるらしい。そのせいか、美しく着飾った若い女性が、舞台の後ろに集まってきていた。

さらに、奥に向かって歩いていくと、春香と夢龍が住んだという小さな家も作られている。

春香伝の関連グッズも、売られていて、観光客が、それを買い求めている。

人出は、どんどん、多くなっていった。

パンソリ大会の行われる広場では、人々が集まってきて、椅子や芝生に腰を下ろして、大会が始まるのを待っている。その中には、日本人の、女性グループらしい人々の姿もあった。

やがて、パンソリ大会が、始まった。チョゴリを着た女性が、出てきて、太鼓を打つ伴奏者の男性と組になって、まず、ソリと呼ばれる、曲に合わせて、歌うことから始まった。

素晴らしい声である。マイクを通して、その声が、朗々と広場に広がっていく。

高いブランコのあるほうでは、プロと呼ばれる人が、まず、どのくらいの高さまで、上がるのかを試し始めた。

そちらにも、見物客が集まっている。

「ブランコにも、ちゃんと、プロがいるんですね」

感心したように、亀井が、いった。

とにかく、十メートルを超す、長いロープのブランコである。ただ漕いでも、上がっていかない。

十津川が見ていると、太いロープには、細い紐が、ついていて、まず、その紐を、手首に巻きつける。ブランコから、落ちないためらしい。それだけの準備のあと、やおら漕ぎ出すのだが、最初のうちは補助をする人がいて、乗っている人間を、思い切って揺らしていく。

ある程度まで、行ったところで、ブランコに乗った人間が、両手を大きく広げて、ブランコを揺すり始めた。そうしないと、反動が、つかないらしい。

ブランコの前のほうに、高さを測る、ポールが立っていて、そのいちばん先が、十メートルということになっているらしかった。

最初に乗った、プロの男性は、かけ声をかけながら揺すっていくと、だんだん振幅が、大きくなって、ついには、十メートルのポールの先まで、上がってしまった。

途端に、見物客の間から、一斉に、拍手が起きた。

「すでに、犯人は、この会場の、どこかに来ているはずだ」

十津川が、小声で、いった。

「しかし、まだ祭りは、明日もありますから、この時点では、殺人は、やらないでしょう」

亀井が、考えながら、いう。

「そうだろうね。犯人は、いつだって、祭りが最高潮に達して、終わりかけた時に、犯行に走っているんだ。犯人だって、この春香祭という祭りが、どんなものなのか、ゆっくりと、見たいだろうからな」

十津川は、いった。犯人自身、祭りが好きなのか。

刑事たちは、二人ずつに、わかれて、祭りの行われている広場や、道路を、監視することになった。

パンソリの、朗々とした声は、相変わらず続いている。太鼓の響き、そして、マイクから流れてくる鍛えられた声。言葉は、わからなくても、十津川には、それが、すばらしい芸能だと自然に、わかってくる。

そのうちに、広場の外の、道路のほうから、歓声が、上がり始めた。広場にいた見物客も、ドッと、道路のほうに、向かって、動き出していった。

どうやら、春香伝の行列が、動き出したらしい。

十津川も、亀井と、広場を離れて、道路のほうに移動した。広い道路は、完全に規制されていて、車はまったく、通っていない。

道路の両側には、群衆が、腰を下ろして、行列が、始まるのを待っていた。

その観衆の中に、日本人女性の一団と、思われるグループも、見えた。日本人とわかるのは、昨日、光州のホテルで、日本人たちが作っていたのと同じようなプラカードを持っていたからである。

韓国人の見物客の中には、そんな、プラカードを、持っている者はいない。

道路の後方が騒がしくなった。最初の行列が、動き出したらしい。

十八世紀頃の、役人の格好をした男が二人、牛車に乗り、それを、供の者が守るようにして、ゆっくりと、動いてくる。

通訳のキムさんの説明によると、最初に、現れたのが、春香伝では、悪人になる、高官の二人で、偉い方が、南原に赴任してきた代官である。彼は、春香を見初めて、自分のいうことをきけといって脅かし、いうことをきかない春香を牢屋に、閉じ込めたことになっている。

春香伝のストーリーの中では、完全な悪役だが、どうやら、その悪役に扮した俳優は、人気があるらしく、たちまち群衆に囲まれてしまい、車は、とまってしまった。二人は車から降りると、道の両側に集まっている、見物客に向かって、挨拶したり、サインを、したりし始めた。

隣にいたキム通訳が、十津川に向かって、

「あの二人の俳優さん、なかなか人気があるそうですよ」

と、十津川が、考えていたことを、そのまま口にした。

行列は、停まったまま、なかなか動こうとしない。

見物客のほうも、ノンビリとしたもので、強いて、行列を急《せ》かせるようなこともしないし、歩道に並ぶ屋台のほうでは、人々は、何か食べたり、飲み物を取ったりして、悠然と、構えている。

一時間もして、やっと、また行列が動き出し、次には、春香に扮したチェ・ジウと、夢龍に扮した、チャン・ドンゴンが現れた。車の上に立って、手をふる。

さすがに、二人とも、有名な俳優なので、道の両側に陣取っている観客からは一斉に歓声が上がった。

中でも、いちばん、大きな歓声を上げているのは、日本から来ている、観光客だった。

例の、プラカードを持った女性たちは、大声をあげながら手製のプラカードを振る。そういうグループが、一つだけではなくて、十津川が、見ただけでも、三つは、あった。

当然、行列はまた、そこで、停まってしまった。

韓国のテレビ局も来ていて、彼らもカメラをチャン・ドンゴンとチェ・ジウの二人に、向けて、盛んに、撮《うつ》している。

そのうちに、チャン・ドンゴンとチェ・ジウの二人も、車から降りてしまい、今度は、そこで二人で、踊り始めた。正装した韓国女性たちが集まってきて、二人のまわりに輪を作って踊り始めている。

「これじゃあ当分、行列は、動きそうもないね」

十津川が、亀井に、小声で、いった。

4

行列は、何となく、停まったままで、チャン・ドンゴンとチェ・ジウの二人は、今度は、歩いて、広場のほうに、やって来る。

どうやら、二人は、春香祭の審査員にもなっているらしく、パンソリの大会や、ブランコ大会でも、審査員として、優勝者にカップを渡す役目を果たすらしい。

二人が移動すると、道の両側にいた、観光客も、ドッと移動する。テレビ局のクルーも、同じように、二人を追って、カメラを回しながら、広場に、移動していく。

正午になると、集まった人々の中から、近くの食堂に行って、食事を始める人も出てきた。

プラカードを持った、日本人女性のグループも、食事をするために、通訳と一緒に、広場の中に並ぶ食堂に入っていく。

十津川も、部下たちに、交代で食事を摂るようにと、いった。

まだ、事件は、起きていない。この祭りの中に、犯人がいることは、間違いないが、どうやらまだ、犯行には、走っていないのだ。

十津川は、三田村がいった言葉を、思い出していた。

北川広明は、春香祭では、そこでいちばん目立つ日本人女性を、殺そうと思った。そういっている。

確かに、犯人にも、犠牲者を選ぶ理由があるだろう。日本の祭りの場合は、そこにいる、日本人の女性ならば、美人で大人しそうな子を狙ったが、しかし、外国の祭りでは、その中で、最も目立つ女性を殺したい。そんな気持ちは、十津川にも、わかるような気がした。

北川のいうことが、当たっているとすれば、まだ、祭りの中で、特に目立つ日本人の女性は、いないのだ。

日本人のグループは、女性ばかりで、三つぐらい、合計で、七、八十人といったところだろう。しかし、その中で、特に目立った日本人の女性は、まだ、現れていない。

十津川は、亀井とキム通訳と三人で、広場の隅にある食堂に行った。いかにも、田舎の食堂という感じのする食堂が、道に面して、ズラリと並んでいる。

店の前には、女将《おかみ》さんか、主人が、腰をかけていて、盛んに、呼び込みをやっている。

十津川たちは、その中の一軒に入っていった。

中は意外と広くて、長いテーブルが、置かれている。そこで、人々が、押し合いへし合いしながら、食事を、している。

その中に、日本人女性のグループを、発見して、そのそばに、三人は、腰を下ろした。

この南原は、ドジョウ料理が有名で、日本でいえば、ドジョウ鍋のようなものが作られて、運ばれてくる。ほかに、冷麺もあるので、その二つを、十津川は注文した。

日本人女性のグループは、疲れも、見せずに、威勢がいい。ドジョウ鍋を突っつき、冷麺を食べ、地酒を飲んで、気勢を上げている。

黙って、きいていると、プラカードを振ったら、チャン・ドンゴンが、こちらを見てくれたとか、後で必ず、二人のサインを、もらおうなどと、しゃべっている。

十津川たちは、運ばれてきたドジョウ鍋を食べ始めた。

ドジョウは、小さくて、それを、野菜に包んで、辛い調味料をつけて食べる。十津川には、どうも、それが食べにくくて、途中で止めて、冷麺のほうに向かってしまった。

その食事の間にも、広場に残っている西本たちから、電話が入ってくる。

「パンソリの大会は、依然として、続いています。ブランコのほうは、昼休みらしくて、今は、誰も、乗っていません。道路の行列のほうは、相変わらず、のんびりと、続いています」

西本が、いう。

「これから、私たちが、そちらへ行くから、君たちは、交代して、食事をしてくれ」

十津川が、いった。

十津川と亀井、それに、キム通訳は、食堂から出て、広場に、戻っていった。

パンソリの大会は、相変わらず、続いている。

そのうちに、ブランコの大会が、再開された。

人々が、巨大なブランコの周りに、集まってくる。審査員席が作られていて、あのチャン・ドンゴンと、チェ・ジウの二人が、並んで座る。

二人のほかに、座っているのは、たぶん、この大会の、役員たちだろう。

女性の声で、何かアナウンスしている。

キム通訳にきくと、入賞者には、賞金が出るので、ぜひ、参加してください。参加者はこちらに、申し出てくれれば、名前を記入して、順番に、ブランコに乗ってもらいます。そうアナウンスしているという。

そのうちに、正装した、若い女性二人が、審査員席のチャン・ドンゴンとチェ・ジウの二人のそばに行って、握手のあと、二人で、ブランコに乗った。

向かい合って板の上に立ち、両手をロープについている細い紐に、結んでいく。

若い補助員の男性が出てきて、ブランコを揺すり始めた。

若い女性二人は、かけ声を、かける。拍手が起きる。ブランコが、だんだん、大きく揺すられていく。

しかし、それでも、十メートルを示すポールの高さまでには、いかず、途中で、終わってしまった。

息を弾ませながら、二人の女性は、ブランコから降り、賞品を、もらっている。

そうした、何人かの参加者が出た後で、キム通訳が、十津川に、

「これから、いよいよ、外国人の部が始まりますよ」

と、告げた。

最初に登場したのは、背の高い、アメリカ人らしい、男だった。

上着を脱いで、ワイシャツ姿に、なると、見物席にいる、家族に向かって、投げキスをした。

それから、審査員席のチャン・ドンゴンとチェ・ジウと、握手してから、やおら、ブランコに乗った。

自信があるらしく、笑いながら、漕ぎ始めたが、どうも、長いロープのブランコは、うまく動かせないらしく、途中で、見事に失速してしまった。

それでも、アメリカ人らしく、ニコニコと笑いながら、賞品をもらうと、家族のところに、戻っていった。

その後、何人か、アメリカ人らしい外国人や、あるいは、中国人らしい男女などが、ブランコに参加したあとで、急に、観客席から、歓声が上がった。

十津川が、そのほうに、目をやると、例のプラカードを持った、日本人女性のグループが、歓声を上げているのだ。ブランコのほうを見ると、二十五、六歳の若い女性が、プラカードのグループに向かって、手を振っている。

こちらのグループの中からは、

「○○ちゃん、頑張れ！」

とか、

「頑張って、チャン・ドンゴンのサインをもらってよ！」

日本語で、叫んでいる。

「次に、日本人の、中野多恵子《なかのたえこ》さんが、挑戦します」

韓国語と、日本語を使った、アナウンスが、あった。

また、グループから、歓声が上がり、プラカードを、一斉に振り始めた。

チャン・ドンゴンと、チェ・ジウのほうに、目をやると、二人も、そちらを見て、プラカードの文字が目に入ったのか、笑っている。

中野多恵子と、呼ばれた女性は、百七十センチくらいの、背の高さがあって、たぶん、普段から何か、運動をしているのだろう。別に怖がる様子もなく、ブランコに、乗った。

補助員が出てきて、彼女の手首を、ブランコのロープに固定する。

それから、何か小声でいっているのは、どうやれば高く漕げるのかを、彼女に、教えているらしい。

そのあと、ゆっくりと、ブランコが、揺すられ始めた。

十津川たちのそばには、例のグループが、いて、その声が、きこえてくる。

「多恵子、日本にいる時から、ブランコを、練習したんだって」

とか、

「好きなチャン・ドンゴンの前だから、張り切っているよ」

とか、

「あの子、うまくできたら、いきなりチャン・ドンゴンの前に行って、抱きついたりするんじゃないの?」

とか、喧《かまびす》しい。

ブランコは、どんどん高く、揺すられていく。

「なかなかうまいじゃ、ありませんか？」

亀井が、小声で十津川に、いった。

(案外、外国人の部で、彼女が優勝してしまうかも知れないな)

十津川も、そう思った。

彼女の乗ったブランコが、ポールの、八メートルぐらいまで、上がった時、見物席から、拍手が起きた。

しかし、それ以上は、高く上がらず、拍手の中で、ブランコは、ゆっくりと力を失っていった。

役員たちが、ロープの綱を、解いて、乗っていた女性を、抱くようにして、下におろした。

その後、さらに、三人の外国人が、ブランコに挑戦したが、十津川の目から見ても、中野多恵子という日本人が、いちばん、高くまで、上がったように見えた。

アナウンスがあった。

「優勝は、日本人の、中野多恵子さんに決まったみたいですよ」

キム通訳が、十津川に、いった。

大きなカップと花束が、チャン・ドンゴンとチェ・ジウの手から、彼女に、贈られた。

十津川のそばにいるグループが、また、一斉に、大声で、はやし立てた。

「どうやら、彼女を、マークしておいたほうがいいな」

十津川が、亀井に、いった。

十津川は、優勝カップと、花束をもらっている中野多恵子を見ながら、携帯を、西本や三田村にかけた。

「今、どこだ？」

十津川が、きくと、西本と日下は、食事の後、パンソリの大会を、見ているといい、三田村と早苗の二人は、春香伝の二人の人形が、飾られている場所にいると、いった。

「そっちに、もし、日本人の、女性のグループが行っていたら、君たちは、その女性たちを、マークしていてくれ。犯人が、そちらを狙うことも、十分に、考えられるからな」

十津川は、西本や三田村たちに、そういった。

パンソリの大会のほうは、まだ、延々と続いている。

一人で、まず、曲に合わせて歌うソリ、声だけで語りをするアニリ、そして、踊りを踊るようなバルリムの三つの芸を、一人で、一時間半ぐらいに、わたって、延々と、演じ続けるのだから、長くかかったとしても、おかしくはないだろう。

ブランコの、外国人の部で、優勝した中野多恵子は、韓国の、テレビのインタビューを、受けている。

韓国のテレビのインタビューは、インタビュアーがマイクを、持っているので、その声が、十津川にも、きこえてきた。

インタビュアーは、ブランコで、優勝したことを、おめでとうといってから、日本の女性であるあなたは、今の韓流ブームを、どう思いますかと、きいている。

そんな質問に対して、

「私は、そこにいる、チャン・ドンゴンさんとチェ・ジウさんの、大ファンで、お二人が、この春香伝のお祭りに、出演するときいたので、仲間と一緒に、やって来ました。優勝したのも嬉しいけど、チャン・ドンゴンさんとチェ・ジウさんと、握手できたのが、いちばん嬉しい」

中野多恵子が、答えている。

「では、もう一度、お二人と、握手してください」

テレビのインタビュアーが、いい、中野多恵子は、審査員席から降りてきたチャン・ドンゴンとチェ・ジウの二人と、握手している。

それを見て、日本女性の一団は、ワーッと飛び出していって、今度は、その光景を、パチパチと、写真に撮り始めた。

十津川は、その様子を、見ていたが、振り返って、見物席のほうに、目をやった。

(このどこかで、犯人も、この光景を、見ているかも知れない)

そう思ったからだった。

第五章　新たな展開

1

十津川の携帯が鳴った。電話の相手は、東京にいる、本多捜査一課長だった。

「現在の状況は、どうだ？」

本多一課長が、きいた。

「まだ、こちらの、南原《ナムウオン》では、事件は起きていません。春香伝の祭りは、今も続いていますす」

「その祭りだが、いつまで続くんだ？」

「明日で、終わりだときいていますが」

「それで、君の予想は、どうなんだ？　新しい殺人を防いで、犯人を、逮捕できそうなのか？」

「それは、まだわかりません。犯人が、果たして、この場所に来ているかどうかも、定かではありませんし、今日でなく、明日、兇行に及ぶ気かも知れません」

十津川が、いうと、本多は、

「それに関してだが、こちらでは、困ったことが起きている。例の、北川広明という男のことなんだが」

「現在、刑務所に入っている、例の男ですね？　彼がまた、何か、私たちに、伝言でもしてきたんですか？」

十津川が、きくと、本多は、一呼吸置いてから、

「二時間前に、自殺したと、刑務所長が、伝えてきた。独房の壁に、何度も、自分の頭をぶつけて、その挙げ句に、発見された時は、すでに、死んでいたそうだ」

「自殺の理由は、何なんですか？　それが知りたいですね」

十津川が、きいた。

「今のところ、自殺の理由は、わからないが、ただ、医者が、こんなことを、いっているんだ。北川広明は、最近、精神状態が、ひどく不安定で、時々、錯乱状態に、なっていたんじゃないかと」

「課長、ちょっと、待ってください。私は、北川広明に、会いに行っていました。その時には、別に、彼が錯乱状態にあるとは、思えませんでした。北川が話した今回の殺人事件における犯人像には、もっともだと、思わせるようなところがありました。それに、北川は、韓国で、春香祭という祭りが開かれる。犯人は、日本を離れ、韓流ブームで、この祭りを見に、韓国までやって来る観光客の、日本人女性の中から、新しい生《い》け贄《にえ》を、選ぶのではないかと、いいました。それにも説得力があると思い、私たちは、こうして、春香伝の祭りに、来ているんですよ。もし、自殺した北川が、本当に、錯乱状態にあったのだとしたら、彼の言葉を、信じてこちらに来てしまった、私たちは、いったいどうなるのですか？」

「実は、もう一つ、こちらで、問題が起きている。その件と、北川広明の自殺との、両方を考えて欲しいんだよ」

「もう一つというのは、どんなことですか？」

「実は、滝川修《たきがわおさむ》という、三十五歳の大学助教授がいる。彼は、毎週一回、法務省の依頼で、刑務所を訪れ、北川広明が、どこまで、社会復帰ができるかを観察、診察しているんだ」

「その助教授のことは、私も知っています。日本の大学を出てから、アメリカに行き、向こうで、犯罪心理学を学んだとかいう人ですよね。その滝川助教授が、アメリカの犯罪心理学の、最新の知識を持っていて、毎週一回、北川の診療に、当たってもらって、いたんでしょう?」

「それに、これは、心の病だから、看守が立ち会ったりすると、北川広明の、正直な気持ちがわからない恐れがある。そう、滝川助教授がいうので、刑務所のほうでは、北川広明の診察には、看守には、特別に立ち会いをさせなかったといっている」

「それは、私にも、納得できますが」

「ところが、ここ二カ月あまりのことなのだが、滝川助教授が、診察に訪れると、その直後に必ず、北川広明が、君たちが捜査している今回の連続殺人事件について、刑務所長に、犯人像や、捜査方法に対して、やたらに、サジェスチョンするようになるというのだよ。なかなか、要点をついたことをいうので、刑務所長は、捜査本部に話しておいたほうがいいと思って、それを、君に伝えた。しかし、北川広明が、自殺した今になって、よく考えてみると、どうも、これは、北川自身の、考えではなくて、その直前、診察に訪れた滝川助教授の、言葉だったのではないのか? 刑務所長には、そんなふうに、思えてきたというんだ」

「意味がよくわからないのですが」

十津川が、あわてて、いった。

2

「今もいったように、最近の北川広明は、精神を病んでいて、時々錯乱状態になっていたみたいなんだ。これは、別の医者が診察して、そう判断している。もし、北川が、まともに、判断できないような状態になっていたとすると、毎週一回、診察に来る、滝川助教授の言葉を、そのまま、しゃべっていたんじゃないのか？　そんなふうに、思えると、刑務所長は、いうんだよ」

「そうなると、どういうことに、なってくるんですか？　われわれは、今、春香伝の祭りの場に来ているんですが、これも、意味がないということに、なってくるんですか？」

「今、こちらでは、問題の、滝川助教授について、急いで、彼が、犯罪心理学を、学んだというアメリカの大学に照会しているんだが、向こうの回答によると、確かに、滝川助教授は、ひじょうに、優秀な成績で、向こうの学位を取得している。しかし同時に、自分が学んだことを、そのまま、実行していたのではないのか？　つまり、異常心理、あるいは、異常犯罪について、勉強しながら、同時に、彼自身実行していたのではないか？　そういう疑いも持たれている。もちろん、証拠があれば、向こうで、逮捕されているだろうが、証拠はなかった。ただ、十分に、疑われる条件は揃っていた。そういう回答が、向こうの大学から、来ているんだ」

「つまり、滝川助教授が、今回の連続殺人事件の、犯人かも、知れないということですか？」

「その疑いが、濃くなって来ているんだ。北川広明は、今回の事件の犯人について、いろいろと、君に話したんじゃなかったか？」

「そうです。北川広明は、私に、今回の事件の犯人像について、こう、話しています。犯人は、女性に優しくて、色白で、むしろ、可愛らしい顔をしている。女性を憎んではおらず、むしろ愛している。きちんとした、服装をしていて、明るい色の服を好む。女性は、犯人にとって、獲物であり、殺すことに、誇りを持っている。また、どちらかというと、犯人は、それほど、力が強くなくて、自分を守るために、日頃、スプレーやナイフといった武器を、持ち歩いている。北川広明は、こんなふうに、犯人像を示したんですが、それがどうかしましたか？」

「問題の滝川助教授だが、今、君のいった条件に、かなりの部分で、一致しているんだよ」

「私も、滝川助教授を一、二度、テレビで、見たことがあります。異常犯罪について、彼がいろいろと、話をしているのをきいたんですが、確かに、色白で、温和な感じを受けました」

「そうなんだ。君がいろいろと、挙げた犯人像だが、ほとんど、滝川助教授と一致しているんだ」

「それで、滝川助教授が、今回の、一連の事件の犯人ということになって、来るんですか？」

　十津川が、まだ、半信半疑で、きいた。

「断定はできないがね。今もいったように、アメリカで疑惑を持たれていた。それに、北川広明がいった犯人像にも合っている。たぶん、これは、滝川助教授が、北川の口を通じて、いわせたのだと、思っている」

「間違いないんですか？」

「滝川助教授というのは、自己顕示欲が、大変強い人だと、いうことも、きいているからね」

「それで今、彼は、どこにいるんですか？」

「今、滝川助教授が、どこにいるのかを、必死で、探している。しかし、彼は、大学にも、来ていないし、自宅マンションにもいない。自宅マンションの管理人の話によると、二日前から、旅行に出ているというんだ。それで、今、旅行先がどこなのかを調べている。刑事二人が、空港に行っているので、韓国行きの飛行機に、乗ったかどうか、それがわかり次第、そちらにもう一度、連絡するよ」

本多一課長が、いった。

「何とか、滝川助教授の顔写真が、こちらで、入手できませんかね？　私も、今もいったように、滝川助教授を、テレビで見たことはあるのですが、おぼろげな記憶で、はっきりとは、覚えていないのです」

「そちらの祭りの事務局宛てに、こちらから、送ることができると思うがね」

「わかりました。すぐ、こちらの、事務局に話をつけておきます」

十津川は、すぐ、通訳を連れて、祭りの事務局に駈け込んだ。

警察手帳を見せて、祭りの事務局長に、相談した。連続殺人事件については、伏せておいて、

「日本で、会社の金を持って逃亡した人間がいます。情報によれば、韓国に、逃げてきているという、可能性もあるので、その容疑者の顔写真を、東京から送ります。それを、こちらの事務局で、受けていただけませんか」

十津川は、そういって頼んだ。

十津川が、携帯で、本多一課長に連絡をすると、まもなく、滝川助教授の顔写真が、全部で、五枚送られてきた。その顔写真には、滝川助教授の背格好や、特徴なども、書き込まれていた。

十津川は、それを持って、亀井たちの元に戻った。

十津川は、滝川助教授の、顔写真を刑事たちに渡してから、本多一課長の話を伝えた。

「この滝川修という大学助教授が、今回の、連続殺人事件の犯人とは、まだ、断定できない。しかし、その可能性は、ひじょうに、高くなっている。その上、二日前に、日本から、この、韓国に、来ていることも考えられるんだ」

と、十津川は、いった。

「もし、この滝川助教授が、犯人だとしますと、彼は、われわれが、こちらに来ていることを、知っているわけですね？」

亀井が、少しばかり、狼狽《ろうばい》した口調で、いった。

「刑務所長も、本多一課長も、例の北川広明が、われわれに、教えたことはすべて、この滝川助教授の話を、そのまま請け売りして、われわれに、伝えたと見ているんだ。そうだとすれば、当然、滝川助教授は、われわれが、ここに来ていることを、知っている。何しろ、向こうが、この春香祭に、行くようにと、われわれに、勧めたわけだからね」

「でも、どうして、そんなことをしたんでしょうか？　われわれに、勧めていなければ、われわれは、ここに来ていませんから、犯人は、悠々と、この祭りの中で、日本人の女性を殺せるはずなのに」

三田村が、不思議そうに、いう。

「この男だが、どうやら、自己顕示欲が、やたらに、強い性格らしいんだ。それで、黙って殺人事件を、起こしていることが、物足りなくなったんじゃないかな？　警察に挑戦するような赤い二重丸を、殺した女性の額に描いたりしていることも、そうだといえるし、そして、今度は、北川広明の口を通じて、われわれに、挑戦してきたんじゃないのか？　私には、そんなふうに、思えるんだよ」

「ということは、この祭りの期間中に、必ず、日本人女性を、殺す。そういうことでしょうか？」

北条早苗が、きいた。彼女も戸惑っている。

「私はね、犯人は、間違いなく、そのつもりでいると思う。その上、この犯人というか、容疑者は、わざわざ、われわれ警察を、この祭りに呼び寄せたんだ。だから、われわれの、監視の目の中で、日本人女性を、殺すつもりだと、思っている」

「確か、犯人は、北川広明の、口を通じて、この春香伝の祭りの中で、いちばん、目立つ日本人女性を殺す。そう宣言していましたね？」

亀井が、きいた。

「確かに、北川広明は、そういっていた」

「この容疑者ですが、その言葉を守ると思われますか？」

亀井刑事の表情は、まだ、半信半疑のようだった。

それに対して、十津川は、

「確かに、犯人の言葉を信じていいのかどうかは、私にもわからない。しかし、この容疑者は、北川広明の口を通して、今回の連続殺人事件の犯人は、こんな男だろうと、いわせているんだ」

十津川は、もう一度、その六つの条件を口にした。

女に優しい。女を愛している。色白で、可愛らしい顔をしている。気が弱くきちんとした、服装をしている。その一方で、女は、自分にとって獲物であり、殺すことによって、自分の仕留めた獲物であることを、証明するのだ。

十津川は、それを、刑事たちに話してきかせた。

「この滝川修助教授の顔写真を見ると、その条件に、かなり、当てはまっている。外見が、似ているんだ。ということは、かなりのハンディキャップを、自分で作っていることになる」

「どうして、そんなことを、したんでしょうか？　犯人にとって、不利なはずなのに」

「だから、この男は、自己顕示欲の、塊みたいな奴なんだ。たぶん、ひどい、ナルシストだと思うね。そんな男が自ら宣言したことを、撤回するとは、思えない。つまり、この祭りでは、必ず日本人の女性を殺す。それも、この祭りの中で、いちばん目立った日本女性を殺す。そういっているんだ」

「目立たない女を殺しても、犯人の、自己顕示欲は、満たされない。そういうことになりますか？」

「私が今考えているのは、この犯人の、心理状態でね。明らかに、われわれに、挑戦しているんだ。だから、この犯人は、宣言した通りに、殺人を、実行するに違いない。私は、そう考えている」

十津川は自分にいい聞かせるように、いった。

「さっきから、この写真を、ずっと見ているんですが、あまり、特徴のある顔では、ありませんね？」

三田村が、いった。

確かに、あまり、特徴のない顔である。色が白そうだし、稚《おさな》さの残る顔なのだが、しかし、よくある、顔でもある。

それに、東京から、知らせてきたこの男の背格好は、身長百七十三センチ、体重六十キロという平凡なものだった。

「この滝川という、大学助教授が犯人だとしてですが、彼は、今日、犯行を、実行するでしょうか？　それとも、明日まで、待ってから犯行を、実行するでしょうか？」

西本刑事が緊張した顔で、きく。

「この祭りの、事務局に行った時にきいたんだが、祭りは、今日がクライマックスだが、明日まで、続くらしい。今日、コンクールで勝った人たちに対する表彰は、正式には、明日、あの大舞台で、行われるといっていた。それに、ミス春香のコンテストも、今日は、予備選で、明日、本選が行われ、ミス春香が、決まるらしい。だから、祭りは、今日が、クライマックスだが、明日も、たくさんの、人出があるそうだ。それからもう一つ、日本女性が、大挙してこちらに、来ている理由として、例の俳優二人が、いるだろう？　チャン・ドンゴンと、チェ・ジウの二人だが、この二人に、ほかの脇役が揃って、明日、舞台で約二時間の、春香伝の芝居を、するらしい。だから、あの二人を、目当てに来ている日本の女性たちも、明日も、やってくると、私は、見ている」

「そうなると、今日は、楽しんで祭りを見て、最終日の明日、犯人は、殺しに走るかも知れませんね。今まで、日本の国内の、祭りで起きている、連続殺人事件ですが、不思議と、祭りの最終日が多いようですから」

亀井が、いった。

「滝川というこの助教授ですが、アメリカに留学しているから、英語は、堪能だと思いますが、韓国語のほうは、どうなんでしょうか？」

日下刑事が、きいた。

「その点も、調べてくれるように、捜査一課長に、頼んでおいたから、まもなく、連絡が来る筈だ」

十津川が、いった。

一時間後、本多一課長から、十津川に電話がかかった。

「やはり、例の滝川助教授は、二日前に、羽田から出国して、そちらに行っているね。出国の記録に、間違いなく、その名前が、あることを確認したよ」

「そうですか」

十津川は、短く答えただけで、その後は、黙り込んでしまった。

3

舞台では、相変わらず、パンソリのコンクールが続いている。大通りでは、いったん止んだ行列が、また再開された。

さっきまでの行列では、春香が、役人に意地悪をされたり、牢屋に、繫《つな》がれたりする苦難の部分を、演技で、表していたのだが、再開された行列では、今度は、春香が、幸福になる顚末が、示されるらしい。

ブランコの、外国人部門で、優勝した中野多恵子は、今は、仲間の女性たちのところに戻って、公園の中を、見て回っている。

彼女たちを、十津川は、二人の刑事に、尾行させた。

本多捜査一課長から、また、電話が入った。

「滝川助教授は、見つかったか？」

いきなり、本多一課長が、きいた。

「残念ながら、まだ、見つかっていません。とにかく、大変な人出ですから。それに、日本人と韓国の人は、どこか、顔が違っているといっても、同じ東洋人ですから、そう簡単には、滝川助教授は、見つからないと思っています。それから、先ほどお願いした滝川助教授の、語学力の件ですが、英語は、できるとわかっていますが、韓国語のほうは、どうなんですか？」

今度は、十津川が、きいた。

「それが、どうにも、はっきりしないんだ。出入国のほうを、調べたんだが、韓国には、三年ほど前に、一度だけ行っているが、別に留学をしに行ったわけではなくて、一週間くらいで、帰ってきている。ただ、滝川助教授は、犯罪心理学の、勉強のために、アメリカの大学に、三年間行っているが、その時、同じ教室に、韓国人が、二人いたという報告も入っている」

「韓国人が二人もですか？」

「そうだ。しかも、そのうちの一人とは、三年間、同じアパートで、一緒に住んでいるんだ。韓国の男子の学生だよ」

本多一課長が、いった。

「韓国人と三年間も、ずっと一緒に同じアパートで住んでいたんですか？　そうなると、滝川助教授は、韓国語もかなり話せるかも知れませんね」

十津川が、いった。

「もう一つ、アメリカからの情報が、入っている。彼が、アメリカで疑惑を持たれた理由だが、三年間留学していた時、ワシントンのサクラ祭の日に、一年おきに、日本女性が、殺されているんだ。しかも、二人の女性とも、何らかの意味で、滝川修と関係があった。一人は、彼と同じ大学の留学生、もう一人は、彼が住んでいた、アパートに、住んでいたということだ」

「狙われたのは、二人とも日本人の女性ですか？」

「そうだ」

「同じですね」

どうも、芳《かんば》しくない情報ばかりが、入ってくる感じだった。

十津川は、部下の刑事たちに、そのまま伝えた。

「滝川助教授は、かなり、韓国語が話せるし、そして、書くことも、できると考えてもおかしくない。それに、狙われるのは、日本人と考えるべきだ」

陽が落ちて、今日の祭りは、一応終わりになった。明日また、春香伝の祭りの、最後が行われるという。

中野多恵子は、仲間の、三十人の日本人女性たちと一緒に、観光バスで、光州に引き上げていった。

4

十津川は、亀井たちを先に帰し、西本、日下の二人と通訳を入れて、四人で、陽の落ちた南原にいた。

祭りに集まった人たちが、どんどん、観光バスや電車で、引き上げていく。

公園の中に、店を出していた屋台の人たちも、屋台を畳んで、引き上げていく。行列のあった大通りの両側の歩道には、さまざまな屋台がひしめいていたのだが、それも、少しずつ、消えていく。

十津川は、祭りの後の、静けさが好きだった。

いつもなら、大きな祭りの、終わった後の、脱力感みたいなものを、じっと、噛みしめて楽しむのだが、今回に限っては、そんな余裕は、十津川たちには、与えられていなかった。

人の姿の、少なくなった、公園や大通りを、十津川は、二人の刑事と、通訳を交えて、ゆっくりと、歩き回った。もし、その途中で、滝川助教授と、ぶつかれば、ありがたいと思ったが、しかし、そんな僥倖《ぎょうこう》は、まずあり得ない。

実際のところ、いくら、歩き回っても、滝川助教授は、見つからなかった。

「滝川助教授は、今日、ここに、来ていたんでしょうか？」

西本が、歩きながら、きく。

「たぶん、来ていたと思うね。ここに来て、新しい生け贄を物色していたんじゃないかと、私は、思うね」

「もう見つけたと、思いますか？」

「あの、中野多恵子に、目をつけたとすれば、もう見つけたことになる。たぶん、明日、祭りの最後の日に、犯人は、彼女を、殺す気だよ。もちろん、ほかの日本人女性に目をつけた可能性もあるが」

十津川は、慎重に、いった。

完全に、夜の暗さが、南原の街を押し包んでから、十津川たちは、タクシーを拾って、光州のホテルに戻った。

ホテルに、配られている光州の新聞を、十津川は買い求め、それを、通訳の女性に、日本語に翻訳してもらった。

「新聞の一面は、やはり、南原のお祭りに、割《さ》かれていますよ」

通訳の女性が、十津川に、教えてくれた。

確かに、一面には、祭りの写真が、大きく掲載されている。

「日本から、観光客が来ていた。特に、女性のグループが、祭りを見に来ていたが、新聞には、そのことも、何か書いてありますか？」

十津川が、通訳の女性に、きいた。

「ええ、書いてあります。去年まで、日本人は、ほとんど、この春香伝の祭りには、来ていなかった。それが、今年は、驚いたことに、女性のグループが、全部で、八十五人と書いてありますね。三つのグループでお祭りに来ていた。驚いたと、書いていますね。それから、何が、日本の女性を、春香祭に来させたのかという理由も、書いてありますよ。それはやはり、チャン・ドンゴンと、チェ・ジウのお陰だ。この二人が、リメイクで、春香伝の映画を作る。それに、明日は、舞台で芝居をやるというので、そのファンが、ドッと、押し寄せてきたらしい、そんなふうに、新聞は書いています」

「そのほか、祭りに関して、何か、書いてあることがありますか？」

亀井が、通訳の女性に、きいた。

「そうですね。春香伝の、お祭りは、年々賑やかになっている。これは、歓迎すべきことだと書いています。ああ、それから、日本人の女性たちが、八十五人もグループで来たと書いてありますが、その人たちが、チャン・ドンゴンとチェ・ジウの二人に、向かって、お手製の、プラカードを差し上げて見せた。これには、ビックリしたと、書いてありますね。その写真も、載っていますよ」

「それは、単に、ビックリしたという、表現なんでしょうか？　それとも、その行動が、祭りには、少しそぐわない。そんな、批判的な書き方なんでしょうか？」

北条早苗が、気にして、通訳の女性に、きいた。

「そうですね。ビックリしたとは、書いてありますが、別に、批判は、していません。たぶんこれは、現在、日本で、韓国のドラマが、受けている、その表れの一つだろうと、書いています」

通訳が、説明した。

その日、夜に入ってから、東京では、問題の大学助教授について、情報を集める作業が、必死に続いていた。少しでも、多くの、情報を、韓国にいる、十津川たちに、知らせたかったからである。

滝川助教授の経歴が、まず、手に入った。

滝川修助教授、現在三十五歳。東京都の出身で、厳格な、教育者の一家に、長男として生まれた。父親は、現在も、Ｒ大学の学長である。

そして、母親は、高校の、英語の教師をしている。

滝川修本人は、幼稚園から、大学まである、K大学に学び、高校、大学ともに首席で、卒業している。大学時代の専攻は、社会心理学である。その後、三年間、アメリカの大学で、今度は、犯罪心理学を勉強した。

そして、その後もさらに、二年間、アメリカ、あるいは、ドイツの大学で、勉強した後に、帰国し、自分の卒業した、K大学の大学院で、犯罪心理学を教えている。

問題の連続殺人事件について、テレビに出演したり、新聞の取材を受けて、専門家としての意見を、いったことはあるが、滝川助教授自身が、容疑者として調べられたことは、もちろん、今まで、一度もない。

「一連の殺人事件について、何とかして、滝川助教授のアリバイを、調べてもらいたい。すでに深夜になっているし、その上、滝川助教授自身が、韓国に行ってしまっているので、捜査は難しいと思うが、彼のアリバイが、とにかく問題なんだ」

本多一課長は、そういって、刑事たちを督励《とくれい》した。

すでに、午前零時を過ぎていて、滝川助教授が働いているK大学も、閉まっているが、それでも、刑事たちは、滝川助教授の同僚たちの自宅に、押しかけていって、都内のホテルの一室に集まってもらい、滝川助教授について、話をきくことにした。

しかし、帰ってきた刑事たちが、本多一課長に報告したことは、あまり芳しいものではなかった。

刑事たちは、異口同音に、

「友人の教授たちに、きいて回ったのですが、滝川助教授が、今回の連続殺人事件に関係があると、疑ったことなどないと、全員が、そういっているんです。ですから一つ一つの事件についての滝川助教授のアリバイは、今のところ、まったくわかりません」

それが、刑事たちの報告だった。

アリバイのほうは、難しかったが、しかし、滝川助教授の個人的な、問題については、友人たちが、いろいろと話してくれて、それを刑事たちは、本多一課長に、報告した。

滝川助教授は、学生時代から、現在の助教授になるまでの間、いつも、頭脳は明晰で、アメリカへの留学も、交換教員として、派遣されたといわれている。

これまでも、現在も、ずっと独身だが、不思議に、浮いた噂が伝わってこないと、友人たちは、いう。

「時々、どこどこの、大学の教授の娘と、お見合いをしたとか、その娘の家の、別荘に行ったとかいう話は、きこえてくるのですが、一向に、結婚の話は、伝わってこないのですよ」

高校、大学を通じての友人の一人が、いった。

「しかし、滝川さんは、色白だし、どちらかといえば、美男子の、系統の顔じゃ、ありませんか？　それなのに、あまり浮いた噂は、なかったんですか？」

刑事の一人が、滝川の二人の親友に、きいた。

「だから、不思議だと、いっているんですよ。彼は、なかなか、モテますよ。今、刑事さんがいったように、色白だし、二枚目で、それもちょっと、可愛らしい顔を、していますからね。よくいうじゃありませんか？　女性の母性本能をくすぐる。そういうタイプなんです。一緒に、銀座に飲みに行ったりすると、特に、ママさんのような、年上の女性から惚れられたりして、いますけどね。どういうわけか、結婚話も、出ないし、かといって、女性と、深い関係にもならない。前から、何か、不思議な男だなという感じは、していたんですよ」

友人の一人が、いった。

「最近、女性ばかりを狙った、連続殺人事件が起きているでしょう？　それも、祭りの日に、その祭りを、見に来た若い女性が殺された連続殺人事件ですよ。あの事件について、当然、滝川助教授は、専門だから、皆さんに何か、自分の意見をいっていたんじゃありませんか？」

刑事は、同じ犯罪心理学や社会心理学を、教えている友人たちに、きいてみた。

「確かに、事件が、起きるたびに、彼は、はっきりと、自分の意見をいっていましたね。テレビに出て、コメントを、発表したりもしていましたから」

「事件について、意見を述べる時、どんなふうに、滝川さんは、話すんですか?」

「彼の意見は、明快で、わかりやすかったですよ。だから、テレビでも、人気があるんじゃないですか? ただ、同じ心理学の研究をしている、僕たちから見ると、あまりにも明快すぎる。そんな、感じがしましたね。どこか、曖昧《あいまい》なところが、残ってしまうのが、むしろ普通なんですけどね」

と、もう一人の友人が、いった。

その友人が、続けて、

「ちょっと、驚いたのは、とにかく、連続殺人事件ですからね。次の殺人を、予言するのはいいんですが、あまり、はっきりとはいえないんですよ。どうしても、間違えたら、まずいなと、思ってしまいますからね。ところが、彼は、次の殺人事件は、どこどこの祭りで起こる。そして、この事件は、迷宮入りになる。そんなふうに、はっきりと、断定してしまうんですよ。確かに、明快だし、面白くて、いいかも知れませんが、しかし、僕には、ああいう、芸当はできませんね」

と、いった。

「滝川さんのその予言ですが、今まで、当たっていましたか？」

刑事が、きいた。

「僕がきいたのは、二回ですけどね。驚いたことに、彼の予言した通りに、殺人事件が、祭りの日に、起きましたよ」

「それは、どの祭りの時の、予言ですか？」

刑事が更にきく。

「確か、一つは、埼玉の川越市で、二年前の十月の十九日に起きた、川越祭りの、時だったと記憶しています」

「どんなふうに、彼の予言が、当たったんですか？」

「彼は、その、一週間ぐらい前でしたかね。今度は、埼玉県川越市の、川越祭りの日に、殺人が起きる。殺されるのは、たぶん、二十代の女性だと思う。事件が起きる時間は、十月十九日の、午後八時前後。滝川は、そんなふうに、僕たちと、話をしている時に、予言して、見せたんですよ。僕は、あまり、関心がなくて、気にも、留めていなかったんですけど、後で、新聞を見て、ビックリしましたね。何しろ、滝川の予言が、ほとんど、当たっていましたから」

「もう一つの予言も、当たっていたんですか？」

「もう一つは、今年三月の、大火渡り祭です。あの時は、同じように、今度狙われるのは、二十代の女性だが、たぶん、OLじゃないか？　そんなふうに、いったんですよ。そうしたら、本当に、殺されたのは、OLでしたね」

「その時も、驚きましたか？」

「いや、そんなに、驚きませんでしたね」

「それは、なぜですか？」

「だって、OLなんてたくさんいるじゃありませんか。たまたま、連続殺人の被害者の一人が、OLだった。僕は、そうとしか、受け取りませんでしたから」

と、友人は、いった。

「それで、滝川さんは、今回の、一連の連続殺人事件に関して、あなたに二回の予言をしたわけでしょう？　その予言について、滝川さん本人は、どんなふうに、説明していたんですか？」

「その事件の後、彼と一緒に飲みに行ったら、クラブで、やたらに、自慢をするんですよ。そうしたら、その店のママさんが、どうして、そんなに、予言が当たるのって、きいたんですよ。そうしたら、彼は、こういっていましたね。デタラメに、いっているわけじゃない。僕は、学生時代から、ずっと犯罪心理学を勉強してきて、アメリカでも、三年間、勉強している。そうした、ちゃんとした、理論の裏付けがあるから、ピッタリと、的中するんだ。そういって、嬉しそうに、自慢をしていましたよ。彼は、自己顕示欲が、強いですからね」

友人の一人が、笑いながら、いった。

「そうですか、自己顕示欲が、強いんですか？」

「ええ、そうですよ。強いほうだと、思いますよ」

「今、滝川さんは、韓国に、旅行に行っているみたいなんですが、この旅行のことは、きいていますか？」

別の刑事が、友人たちに、きいた。

「いや、何もきいていませんよ」

友人の一人が、いった。

「滝川さんは、韓国の南原というところで、開かれている、春香祭というお祭りを、見に行っているようなのですが、この春香祭について、滝川さんは、何かいっていませんでしたか？」

「春香祭ですか？」

友人の一人は、ビックリした顔になって、

「その祭りのことは、まったく、きいたことがありませんね」

と、いった。

「韓国では、有名な、男女の愛のお祭りなんですけど」

と、刑事の一人が、いった。

友人は、なおさら、眉を寄せて、

「彼が、ラブロマンスを、好きだなんて話は、今までに一度も、きいたことが、ありませんね。それも、日本の祭りではなくて、韓国の、祭りなんでしょう？ ちょっと、わかりませんね」

「滝川さんは、韓国語ができるようだと、きいているんですが、そのことについて、何かご存じですか？」

「ええ、彼は、韓国語が、確かに、得意ですよ。何でも、アメリカに、三年間いた時、韓国からの、留学生と三年間、同じアパートに、住んでいたそうですから、たぶん、その友人から習ったんじゃありませんか？」

「滝川さんは、確か、三十五歳でしたね？」

刑事は、確認するように、友人たちにきいてから、

「どうして、今まで、滝川さんは、結婚しなかったんでしょうか？ 女性が、嫌いという

ことでしょうか?」

「そんなことは、ないと思いますね。彼と銀座に飲みに行ったりすると、ママと親しくなって、適当に、遊んだりしていますからね。ですから、女性に対して、彼が、何か偏見を持っているというようなことは、ないと思うんですがね」

と、一人が、いった。

それに対して、もう一人、中学からずっと、滝川と一緒だったという、親友中の親友を自任する男が、

「彼は、教育者一家の、家庭に育ったんですけどね。父親は、そうでもなかったけれども、母親のほうが、やたらに、教育ママで、うるさくて閉口した。自分は、ああいう女とは、結婚したくない。そんなことを、いっていたことがありますよ」

「滝川さんは、何人兄弟ですかね?」

「確か、二人で、弟がいるはずです」

「その弟さんは、今、どうしていらっしゃるのですか? やはり、学校の先生をなさっているんですか?」

「いや、彼の弟は、絵の勉強で、現在アメリカに、行っているときいています。今もいったように、彼の家は、教育者一家なんですが、弟は、それに反撥したんでしょう。おそら

く、学校の先生になるのを嫌って、今もいったように、絵の勉強に、アメリカに行ったんですよ」

「すると、滝川さんは、一人、両親から、期待されて大学の先生になった。そういうことでしょうか？」

「おそらく、結果的に、そうなったと思いますね。それに、彼は、長男ですからね。やはり、弟のように、学校の先生にはならず、絵を習いたい。そんなふうには、行かなかったんでしょう」

「母親が、あまりにうるさいから、滝川さんは、母親のようなタイプの女性とは、結婚しないと、あなたにいったそうですが、それはつまり、母親嫌いと、いうことなんでしょうか？」

「そこまでは、わかりませんが、少なくとも、彼が母親を、敬遠していたことは、間違いありませんよ」

と、その友人は、いった。

「滝川さんが、育った家というのは、母親以外には、女性は、いなかったみたいですね？」

「そうなりますね。兄弟は、弟と二人だけだし、父親は、大学教授。そして、母親は、高校の英語の教師ですから。そうですね、刑事さんが、いう通り、あの家は、母親が、一人だけ女性でした」

「その一人だけの、女性の母親が、あまりにもうるさくいうと、やはり、母親嫌いになってしまうものですかね」

「おそらく、そうでしょうね。確かに、時たま、母親が、うるさい。だから、二十代の時から家を出て、一人で、暮らしてきた。今でも、家に戻って、母親と一緒に、暮らす気はない。滝川は、そんなことも、いっていたことがありますよ」

「滝川さんの母親というのは、どんな女性なんですかね？　皆さん、お会いになったことがありますか？」

刑事は、二人の友人の顔を、交互に見た。

「僕は、何回か、彼の家に、遊びに行ったことがありますよ」

一人が、いった。

「あなたから見て、滝川さんの、母親というのは、どんな女性でしたか？」

「そうですね。なかなかの、美人ですよ。背も高いし、色白で、その点は、滝川に似ているんですが、確かに、厳しい人でしたね。僕が、遊びに行っている時でも、しばしば、滝川を、叱りつけていましたから」

「身長が高くて、美人ですか？」

「ええ、確か、滝川の母親は、もう、六十歳近いはずなんですけど、その年齢にしては、大柄な、女性ですね。おそらく、百七十センチぐらいは、あるんじゃないですか？　そして、理知的な、美人といったらいいのかな。そんな感じの人ですよ」

「何とか、滝川さんの、お母さんの写真が、手に入りませんか？」

「それなら、刑事さんが、滝川の家を、訪ねて行けば、いいじゃないですか？」

と、友人の一人が、いう。

「それが、少しばかり、事を、内密に運びたいんですよ。だから、こんな時間ですが、あなた方の一人が、何とかして、滝川さんの、母親の写真を手に入れて、こちらに、貸していただけると、ありがたいんですが」

と、刑事が、いった。

「この時間なので、滝川の家に行って、写真を借りてくるということは、できませんが、しかし、僕が何回か、彼の家に遊びに行って、一緒に、家族全員で、写真を撮ったことがありましたからね。その写真がないかどうか、調べてみます」

と、友人の一人が、いってくれた。

一時間後に、その写真が、手に入った。

滝川の母親一人が、写っている写真ではなくて、父親と母親、そして、滝川兄弟、それに、その友人も一緒に、全部で、五人で撮った写真だった。

刑事は、その写真を、持ち帰った。

本多一課長は、その写真を、すぐ、母親の部分だけ、引き伸ばすように頼んでから、

「この母親に、今まで殺された、被害者たちの顔が似ていたら、面白いんだがねえ」

と、いった。

早速、被害者全員の写真が、集められた。引き伸ばした、滝川の母親、滝川邦子の顔写真を、並べてみた。

本多一課長は、並べた写真を、刑事たちに見せて、彼らの意見を、きいた。

刑事の一人が、

「パッとみると、全員が、どことなく、似ていますね。もちろん、一人一人を、厳密に見ていくと、似ていないところも、ありますが、しかし、感じは、よく似ていますね」

夜が明けると、本多は、光州にいる、十津川に、電話をかけた。

「こちらは、快晴の朝だが、そちらは、どうだ？　祭りは、できそうかね？」

「窓から見える空は、晴れていますね。これなら、間違いなく、春香祭の、最後の日は、見物席が、たくさんの人で、溢れるだろうと思います」

十津川が、いった。

「ところで、滝川助教授の話だが、いぜんとして、彼のアリバイは、はっきりしない」

「そうですか」

「アリバイがあるとは、断定できないし、そうかといって、アリバイが、ないともいえない。だから、その点では、疑問が六十パーセントといったところだな。それともう一つ、滝川助教授は、東京の生まれで、いわゆる教育者一家の、家庭に生まれている。父親は大学の学長だし、母親は、高校の教師だ。弟が一人いるが、この弟だけは、教師にならず、画家めざして、現在アメリカで、絵の勉強をしているそうだ」

「つまり、滝川は、女一人の家庭に、育ったということになりますね」

「問題は、その、母親なんだ。母親の名前は、滝川邦子。現在五十九歳。美人で、この年齢にしては大柄な女性でね。どうも、滝川は、この母親のことを、嫌っているらしい。昔から、教育熱心で、やたらと小言が多かったからというのが、その理由のようだが、問題は、この母親の顔なんだ。後で顔写真を送るが、この母親とだね、連続殺人事件で、殺された女たちの顔が、パッと見ると、よく、似ているんだ。もちろん、だからといって、それだけで、滝川本人が、連続殺人事件の犯人だとは、断定できないがね。しかし、何となく、引っ掛かるじゃないか？」

と、本多が、いった。

第六章　対　決

1

十津川と亀井の二人が、食堂におりて行った時、時間は、まだ、午前八時だったが、同じホテルに泊まっている日本人女性客の一団は、すでにバスで、出発していた。

南原《ナムウオン》の春香祭の、最後の一日は、午前十時から始まる、ということだったが、女性たちのグループは、それが、待ちきれなかったのだろう。

十津川も、念のために、西本たちには、通訳をつけて、女性たちのグループを、追うように、南原に、出発させておいた。

十津川が、亀井と二人だけで、朝食を摂っていると、ホテルの入り口のほうで、日本語をしゃべる男の声がした。その声は、ミスター十津川に、会いたいといっているように、聞こえる。

続いて、その男は、韓国語で、何かをいったらしい。ホテルの従業員が、男を連れて、食堂に入ってきた。

入ってきた男を見て、十津川の顔色が、変わった。

年齢三十五、六歳、身長は、百七十二、三センチといったところだろう。色白な男である。

十津川が驚いたのは、そうした、外見ではなくて、その顔だった。

間違いなく、写真で見た、あの、滝川助教授だったからである。一緒に、食事をしていた亀井も、顔色が、変わっていたから、やはり、相手が、滝川だと気付いたのだ。

滝川助教授のほうは、案内してきたホテルの従業員に、何か、小声でいってから、まっすぐ十津川たちのテーブルに、歩いてきた。

滝川は、ニッコリして、

「確か、警視庁の十津川警部さんでしたね？」

と、きいた。

十津川が、黙ってうなずくと、滝川は、

「自己紹介を、しましょうかね？　それとも、もう、僕のことは、ご存じかも知れませんね。K大で、助教授をやっている滝川といいます。犯罪心理学が、専門なので、現在、日本で起きている連続殺人事件に関して、警察に協力しています」

「まあ、座ったらどうです？」

十津川は、努めて、冷静に、いった。

とにかく、目の前にいる滝川が、何をしにここに来たのか、それを、知りたかったからである。

「食事は、もうお済みですか？」

「ええ、食事はしてきました。だから、コーヒーを、いただこうかな」

滝川は、そういうと、ウエイトレスに、韓国語で、コーヒーを注文した。

コーヒーが運ばれてくると、滝川助教授は、それを、うまそうに飲んでから、

「ひょっとして、十津川さんは、僕を探していたんじゃないですか？　そんな気が、するんですよ。だから僕のほうから、警視庁に電話をして、あなたが、どこのホテルに泊まっているのか教えてもらって、こうして、伺ったんです」

「それで、私に何の用ですか？」

十津川が、きくと、滝川は、首をかしげて、

「おかしいな」

「何がおかしいんですか？」

「あなたが、僕に会いたがっているんじゃないかと思って、こうして、やって来たのですが、違っていましたかね？」

滝川が少し、からかうような調子で、いった。バカにした感じでもある。

「それなら、一つだけ、滝川さんに、お伺いしましょうか？　滝川さんは、南原で行われる春香祭に、何の用があって、来られたんですか？」

十津川が、きいた。

「もちろん、韓国で、昔から行われていた、春香祭というお祭りに、興味があったからですよ」

「それだけですか？」

「もちろん、別の興味もありますよ。それは、十津川さんも、ご存じだと思いますがね。僕は、日本の、一連の女性殺しについて、研究をしていましてね。今度は、犯人は間違いなく、韓国の春香祭にやって来て、ここで、日本人の女性を殺すに、違いない。そう確信したからこそ、僕は、ここにやって来たんです。もちろん、十津川さんたちだって、僕と同じことを、考えたからこそ、韓国に、いらっしゃったんじゃありませんか？」

「そうすると、滝川先生は、犯人逮捕に、協力したい。そういう気持ちで、南原に、いらっしゃったわけですか？」

十津川が、きいた。

「もちろんです。僕は、犯罪心理学を、ずっと勉強していましてね。それで、一連の女性殺しの犯人について、とても、興味があるんですよ。それもあって、この南原に、来ました」

「先生は、北川広明という男のことは、もちろん、ご存じでしょうね？」

「もちろん、よく知っていますよ。法務省から頼まれましてね。刑務所に入っている、北川広明に会って、いろいろと、話をきいたり、観察したりして、それを、報告していましたから。しかし、惜しいことに、北川広明は、自殺して、しまいました。法務省からその報告を、受けたばかりなんですよ。実は、もっと深く、北川広明という男を、観察したかったんですけどね。いや、まったく、残念でたまりません」

滝川は、しきりに残念を、繰り返した。

「正直にいいましょう」

十津川が、我慢しきれなくなって、相手をさえぎった。

「実は、自殺した北川広明が、われわれにいった言葉が、あるんですよ。今回の連続殺人事件の犯人は、次には日本ではなくて、韓国の南原で、開かれる春香祭に行くのではないか？　日本は今、韓流ブームで、その祭りには、日本人の女性が、たくさん訪れるはずだ。それを狙って、犯人も行くだろう。北川広明がそういっていたから、それを受けて、われわれはこうして、南原に来ているのですが、しかし、よく調べてみると、これは、北川広明の言葉ではなくて、北川広明と、時々面会して話し合っている滝川先生の言葉のようだと、きいたのですが、これは、本当ですか？」

そんな十津川の質問に対して、滝川助教授は、小さく笑って、

「その意見は、僕だけのものではなくて、僕と、話をしているうちに、北川広明が、ヒントを与えてくれたことでも、あるんですよ。僕は、犯罪者の心理について、勉強していますから、知識はありますが、北川は、何といっても実行者ですからね。僕も、ずいぶん、彼の言葉から、教えられることがあります」

「もう一つ、おききしたいことがあるんですよ」

「どんなことですか？　差し支えない限り、何でも、お答えしますよ」

「二年前の、十月の、川越祭りの日の、殺人です。これについて、狙われるのは、二十代の女性ではないか？　そう予言されたそうですね。これがピタリと当たって、東京のフリーターの女性が川越祭りを見に行って、そこで、殺されています。そして、今年、都下の、高尾山の大火渡り祭の時に起きた、例の殺人事件なんですが、三月十三日の午後八時前後

に、おそらく、ＯＬが、襲われるだろう。あなたは、そう予言された。それが、驚いたことに、ピタリと、当たっているんですよ。あなたの予言が、二回も続けて当たっている。どうして、あなたには、この二つの祭りの時の殺人が、予言できたんですかね？　私も、この事件を、追っている刑事ですから、どうしても、このことを、滝川さんご本人からおききしたかった」

十津川のこの質問に対しても、滝川は別に、驚きもせず、静かに微笑して、

「こんな予言ぐらい、誰だって、簡単にできますよ」

「そうですかね。私には、そうは思えませんがね。今年三月十三日の、事件については、あなたは、ＯＬが襲われると予言したし、犯行の時間も、午後八時頃と予言していて、その二つとも当たっているんですよ。それから、二年前の十月の川越祭りの時は、今度襲われるのは二十代の女性だろう。そう予言して、これも、ピタリと当たった。こういうことは、そんなに簡単には当たらないんじゃないですかね？　少なくとも、私には、本当に、不思議で仕方がありませんが」

「そうですかね。十津川さんだって、刑事を長くやっておられるのだから、大体、事件がどのような結末を、迎えるのか、また、犯人が、いったいどんな人間なのか、見当がつくんじゃありませんか？　僕はまだ三十五歳で、それに、学問の上で、犯罪心理を研究して

いるにすぎません。しかし、それでも、予見できるんですから」

滝川は、自慢のようにも思えるし、また、謙虚な態度にも見えるような言葉を口にした。

「私には、滝川先生の予言は、不思議で仕方がないんですよ。どうして、そういう予言をなさったのか、それを、説明していただきたいのですが」

亀井刑事も滝川を見つめながら、いった。

「そうですか。それでは、三月十三日の事件のことから説明しましょうか？　まず、被害者が、ＯＬということですが、いいですか、それまでも、この犯人は、二十代の女性を、狙っていたんですよ。その位の年代の女性はだいたいＯＬでしょう。それに、その前の、祭りの時にも、祭りが終わった頃に、女性を殺しています。高尾山の火渡り祭は、午後七時頃に、終わりますから、その頃に、犯人は動くだろう。そう思っただけで、僕自身、その予言が、当たって、ビックリしたくらいですよ。十月の川越祭りの被害者を、二十代の女性といったことですが、当時から、「若い女性を狙った殺人事件か」と、新聞に、大きく取りあげられていた頃ですよ。おそらく、若い女性たちは、みんな、その新聞記事を読んでいたと、思うんです。もちろん、若い女性たちが、怖がっていたのは、わかっていました。しかし、若い女性というのは、面白いものでしてね。怖がりながらも、その現場に行きたいものなんですよ。特に、フリーターならば、定職を、持っていないわけで、時間を持て余しているから、祭りの日になれば、今夜、川越で、また女性が殺されるのではないか？　それを、見てみたい。そう思って、たぶん、フリーターの東京の若い女性が、川越の祭りを、見に行くのではないか？　そう思っただけの話で、予言が的中したなんていわれると、僕としては、少しばかり恥ずかしいんですがね」

滝川はまた、謙虚なような、自惚《うぬぼ》れのような、変なニュアンスの、いい方をした。

「確か、滝川先生は、アメリカの大学で犯罪心理学を勉強されたんでしたね？」

十津川が、本多一課長の電話を思い出しながら、きいた。

「ええ、その通りです。今、世界中で、最もこの分野の研究が進んでいるのは、アメリカですから」

「その三年間の留学中に、近くで、日本人の女性が殺されて、その犯人ではないか？　アメリカの警察に、そんな疑いを、持たれたという話をきいているのですが、これは、本当の話ですか？」

十津川が、きくと、滝川は、苦笑して、

「なるほど。十津川さんは、そこまで、調べられたのですか？　確かに、三年間のアメリカ留学中に、二人の日本人の女性が、殺されました。一年おいてですけどね。それで、向こうの警察に、事情聴取をされたのは、本当の話ですよ。これは、当然の話でしてね、何しろ、殺された女性二人のうち、一人は、僕と同じ大学の、留学生だったし、もう一人は、僕が住んでいた、アパートに、偶然住んでいた日本人の、女性でしたからね。警視庁だって、東京で、こういう事件が起きれば、間違いなく、僕のような立場にいる人間に、事情を、きくんじゃありませんか？　もちろん、僕の疑いは晴れて、すぐに、釈放されましたけどね。別にこのことで、アメリカの警察に、恨みなんか、持っていませんよ。むしろ、きちんと、捜査をしている。そう思って感心したくらいですから」

「実は、今回の一連の事件が起きてから、滝川先生の、お書きになられた本を、読ませていただいたんですよ」

十津川は、少しばかり、ウソをついた。彼の書いた本は、読んでいない。ただ、彼が、テレビに出演して、いろいろと、話したことは覚えていた。

「そうですか。僕も、現職の刑事さんから僕の本を読んだ感想を、おききしたいな。とても参考になりますから」

「先生は、北川広明の事件について、また、今回の連続殺人事件についても、いろいろと、本に書かれていますね。それから、テレビにも出演されて、お話しになっている。それも、きいています。ひじょうに、的確に、犯人像を、口にされている。例えば、今回の一連の事件の犯人についてですが、先生は、こんなふうに、いっておられます。犯人は、女性に優しい。これが一です。二番目は、色白で、可愛い感じの顔をしている。三番目は、女性を、憎んではいない。むしろ愛している。四番目は、きちんとした服装、明るい色の服を着ている。五番目は、女性は自分の獲物であり、殺すことに、誇りを持っている。要するに、ハンターですね。六番目は、犯人は、それほどの腕力の持ち主ではない。というよりも、どちらかといえば、非力なほうで、自分を守るために、ナイフやスプレーを持って、行動していることが多い。こんな、内容なんですが、先生は、どうして、こんなに、はっきりとした犯人像を描くことが、できるんですか？　まず、それをおききしたいんですが」

十津川は、本気で、きいた。

「それは、統計的なものですよ。今もいったように、僕は三年間、アメリカの大学で、犯罪心理学を勉強し、その後、ヨーロッパでも、同じ研究を続けました。日本に帰ってきてからは、例の、北川広明に会ったりするなど、実際の、殺人犯にも会って、話をきいています。そして、結論として、今、十津川さんがいったような、犯人像を描いたんですよ。連続殺人事件というと、人間というのは、スリラー映画に出てくるような恐ろしい顔の人間を、想像してしまいがちですが、それは、まったく、違いますね。そんな犯人像だったなら、むしろ、簡単に、捕まってしまう。本当は、必要以上に、優しい顔をしているというか、本当に、優しいんですよ。その優しさが、少しばかり、捻《ねじ》れているんですね。女性が好きだから、女性を、殺してしまう。つまり、自分の好きな女性だからこそ、誰にも、渡したくなくなる。殺すことで、完全に、自分のものになったと思う。この連続殺人事件の犯人は、おそらく、そんなふうに、考えていると、僕は、思っていますね。いや、北川広明も、同じように考えていた。彼と会った時に、話をきいたら、そういっていましたからね。ですから、今、十津川さんがいった六つの条件は、かなり合っていると、僕は、思っていますよ」

「そうすると、ちょっと、奇妙なことになってくるんですがね」

亀井が、口をはさんだ。

「どこか、おかしなところがありますか？」

と、滝川が、きく。

亀井は、笑って、

「今、十津川警部がいった、六つの条件ですけどね。驚いたことに、今、あなたのことを見ていると、ピッタリと、一致するんですよ。先生は、一見して、女性に優しそうだし、色白で、可愛い顔をしていらっしゃる。当然、女性を憎んでは、いない。むしろ、愛している。そして、きちんとした背広を、着ていらっしゃる。それに、腕力も、それほど強そうには、見えない。そうした条件を一つ一つ考えていくと、先生の作った犯人像はどうしても、先生自身にピッタリ合ってしまうんですよ」

亀井の言葉をきくと、滝川はまた、小さく笑って、

「そうですかね。僕は、自分の顔を、しげしげと鏡で、見たことはないから、よくわかりませんが、確かに、僕は、女性に優しいですよ。だから、大学でも、女子学生にとても人気があるんです」

そのいい方に、十津川は、苦笑しながら、

「先生は、先ほど、連続殺人事件の犯人が、必ず韓国の、春香祭に来るだろうと思い、ご自身も、警察に協力するつもりで、南原に来た。そうおっしゃいましたね？」

「ええ、もちろん、僕は、犯罪心理学の専門家ですから、その知識と経験を生かして、何とか、警察に協力したい。そう思って、南原に来ていますよ」

「その先生から見て、犯人はいつ頃、殺人を犯すでしょうか？　春香伝の祭りは、今日で終わりですが」

「日本の祭りの時もそうでしたが、犯人は、祭りの終わりの日に、殺人を犯すと、僕は、思いますね」

「どうして、犯人は、そうするのでしょうか？　昨日も、私は、春香祭に、行ったんです

が、昨日が、いわば、祭りのクライマックスといってもよかった。それなのに、どうして、昨日ではなくて、今日、犯人が、殺人を犯すと、先生は、思われるんですか？」

「犯人は、楽しんでいるんですよ」

「楽しんでいる？」

「北川広明も、そうでしたけどね。こういう連続殺人事件、それに、祭りの日に限って、女性を殺す。こういった、偏執狂的な、犯人というのは、獲物が見つかったからといって、すぐに、殺人に走るというのは、少ないんです。ゆっくりと、その獲物を、見ているんですよ。そうして、彼自身も、祭りを楽しんでいる。そして、まさに、祭りが終わろうとする時、殺人を、犯すんですよ」

「もう一つ、自殺した北川広明は、南原の春香祭の時に、犯人は、日本人女性の観光客を殺す。その殺される女性は、日本人の中で、最も祭りの日に、目立った女性だろう。北川広明は、そういったそうですが、先生も、同じご意見ですか？」

さらに、十津川が、きいた。

「それは今、申し上げたじゃないですか。こうした事件の犯人は、獲物を探し、見つけても、すぐには殺さない。ゆっくりと、その獲物の動きを、観察するんですよ。だから、自然に、日本人の女性観光客が多くても、目立つ女性に、目を向ける。そして、その女性を、ゆっくりと観察するんですよ。だから、どうしても、目立った、日本人の女性ということに、なってしまうんですね。それも当然だと思いますよ。とにかく、今回の事件の犯人は、自分のことを、ハンターのように思っているんでしょう？　確か、蒼き狩人と、自分のことをいっていた。そんなふうに、新聞には出ていましたけどね」

「確かに、犯人は、警察に手紙を送ってきて、それには、蒼き狩人と、サインをしています」

「ハンターというのは、いつだって、狩りに行けば、いちばん大きな、いちばん目立つ獲物を、仕留めようとするんじゃありませんか？　それが、ハンターの習性というものじゃありませんか？」

と、滝川は、いった。

2

食事が終わると、十津川は、腕時計に、目をやった。

その後、滝川に向かって、

「私たちも、これから、南原に行って、春香祭の最後の日を、楽しみたいと思っていますが、先生も当然、南原に、行かれるのでしょう？」

「ええ、もちろん、行きますよ」

「向こうに行って、警察に、協力する。そういわれましたね？」

「ええ、もちろん、協力はします。しかし、僕はあくまでも、大学の教師ですからね。そして、犯罪者心理について勉強したいと、今でも思っているんです。ですから、十津川さんたちに、協力できることにも、自ずと、限界があります。自分で調べたいことがあれば、勝手に行動しますから」

「では、今日一日、ずっと、私たちと一緒に、行動をともにしていただきたい。そうお願いしたら、滝川先生は、どうされますか？」

十津川は、意地悪く、きいた。

その言葉に対しても、滝川は、笑って、

「それも、いいですけどね、今もいったように、僕は、自分の勉強したことが、果たして、正しいものかどうかを知りたいんですよ。だからこそ、大学の休みを取って、わざわざ南原の春香祭に来たんです。ですから、十津川さんたちと、ずっと一緒にいるというわけにも、いかんのですよ。どうか、それは、了解していただきたいですね」

「じゃあ、せめて、南原までは、一緒に行きませんか？　それくらいは、いいでしょう？」

十津川は、そういって、立ち上がった。

南原行きのバスに、三人で乗った。バスの中でも、滝川助教授は、ひたすら、饒舌《じょうぜつ》だった。

「僕は、例の北川広明に面会に行き、話をきき、ああした、殺人犯について、いろいろと、勉強しました。もし、今回の連続殺人事件の犯人が逮捕されたら、今度も、僕に、自由に面会をさせて欲しいんですよ。そうすることによって、日本の犯罪心理学も、大いに進歩すると、思いますから、是非、十津川警部にも協力をお願いしておきたいですね」

バスの中で、滝川は、そんなことをいう。

「滝川先生は、今回の南原の、春香祭に、連続殺人事件の犯人が、獲物を、探しに必ず来る。そう、確信していらっしゃるのですね？」

確かめるように、十津川が、きいた。

「もちろん、来るはずですよ。来なければ、おかしいんです」

「その祭りの中で、いちばん目立った日本人女性を、犯人が狙う。それも間違いないでしょうか？」

「確かに、北川広明は、そんなふうに、いっていましたね」

「その言葉は、彼がいったのではなくて、滝川先生がいったのではないかと、そんなふうにいう人もいるのですが、それは、間違っていますか？」

「それは、あくまでも、北川広明が、口にした言葉ですが、僕も、今回の犯人は、北川がいった通りの人間ではないかと、考えています」

相変わらず、滝川は、こちらの神経を、妙に苛だたせるような、いい方をする。

「昨日の春香祭で、いちばん目立った日本人の女性というと、中野多恵子という女性が、いるんですよ。昨日、滝川先生も、祭りに行っておられたのでしょうから、この日本人女性のことは、ご存じですね？　例のブランコの、外国人の部で、優勝した日本人です」

「確かに、中野という日本人女性が、ブランコの大会で外国人として、優勝したのは、僕も見ていましたが」

「今の滝川先生の話によれば、今日、犯人に狙われるのは、この、中野多恵子という女性になってくると思うのですが、滝川先生は、どう考えられますか？」

十津川が、きいたのは、滝川の言質《げんち》を、取っておきたかったからである。

もし、この助教授が、犯人ならば、自分のいったことで、自分で自分を、縛ってしまうのではないか？　それを、期待してきいたのだが、滝川は、

「そうですね」

と、少し考えてから、

「今もいったように、北川広明のいったことに、僕も、賛成なんですが、しかし、春香祭は、まだ、今日一日ありますからね。確か、今日はミス春香の、コンテストがあって、外国人の女性も、参加できるときいているんですよ。日本人の若い女性が、そのコンテストに出て、優勝でもしたら、昨日、ブランコで、優勝した中野多恵子という女性よりも、そちらの女性のほうが、春香祭で、いちばん、輝いた日本人女性ということに、なってしまいますからね。そうなると、どちらを、犯人が狙うか？　僕にも判断が、つかないんですよ」

滝川は、そんなことを、いった。

「それより、一つ心配なことが、あるんですけどね」

これは、滝川のほうから、口に出した。

「どんな心配ですか？」

「昨日、春香祭を見ていて、少し気になったのは、日本人の女性と、韓国人の女性の違いが、あまりはっきりしないことなんですよ。今までは、明らかにアジア人の中でも、日本人、韓国人、中国人と、一目でわかるような違いがありました。しかし、ここに来て、その違いが、あまりなくなりましたね。おそらく、化粧品も、同じだし、同じような、食生活になってしまった。そして、恋愛だって、同じように、自由恋愛になってしまった。生き方までが、似てしまったので、各国の女性の顔立ちを似せてしまった。そう思うんですよ。特に、今日行われる、ミス春香のコンテストですがね。僕がきいたところでは、外国人の女性にも、同じ春香《チュニャン》の服装を、させるそうですよ。そうなると、日本人と韓国人、あるいは、他のアジアの女性もですが、犯人には、区別がつかないんじゃないかと、考えられるんです。犯人が、日本人だと思って殺してしまったのが、実際には、韓国の女性だったとしたら、それこそ、国際的な大問題に、なるんじゃありませんか？　その点について、是非、日本の警察を、代表する十津川さんに、意見をききたいのですが」

「それは、大丈夫だと思っていますよ」

十津川は、微笑して、いった。

「どうして、大丈夫なんですか？　十津川さんたちだって、昨日、春香祭を、ご覧になったんでしょう？　日本人と韓国人の、女性の区別が、つきますか？」

「私には曖昧ですけどね。犯人には、区別がつくはずだと、確信しているんです」

「その確信の根拠を、きかせてもらえませんか？」

妙にねちっこく、滝川が、きいた。

「私は、今回の犯人が、韓国語を勉強して、会話ぐらいはできる。そう、思っているんですよ。ですから、間違えて、韓国人の女性を殺すことはないと、思っているんです」

十津川は、じっと、滝川の顔を見据えるようにして、いった。

十津川が、きいたところでは、滝川は、アメリカ留学中、韓国人の友人と、同じアパートで生活していたからである。

「それは、どうですかね。十津川さん自身は、どうなんですか？　ハングルが読めたり、話せたりしますか？」

「いえ、どちらも、ダメですから、通訳の人に来てもらっています」

「それなら、犯人だって、同じかも、知れませんよ」

「しかしですね、わざわざ、春香祭に、日本人の女性を、殺しに来る。そんな犯人が、韓国語を話せなかったり、書けなかったりするとは、とても、思えないんですよ」

「どうも、十津川さんの判断は、安易すぎると思いますね。例えば、犯人が、英語しかわからないとしますよ。英語さえできれば、何とか韓国に来て、ホテルにも、泊まれるし、買い物も、できますからね。そして、獲物を見つける。たぶん、その時、相手が、日本人であることを、確認したいから、英語か日本語で、話しかけるんじゃありませんか？　英語で、日本人ですかときいても、相手は、英語がわからないかも、知れませんよ。また、日本語できいたとして、相手が、たまたま、大学の学生で、日本語を勉強している韓国女性だったら、日本人でなくても、日本語で、答えるんじゃありませんかね？」

「私のほうこそ、滝川先生が、どうして、そんな、心配をしているのかが、よくわかりませんね。私は、犯人は、韓国語ができる。そう確信しているんです。だからこそ、わざわざ、飛行機に乗って、南原の、春香祭を見に来た。春香祭を、獲物探しの場所として、選んだと、そう、確信しているんですよ。ですから、犯人が間違えて、韓国の女性を、殺すなどということは、まずあり得ない。私は、そう思っていますね」

「どうも、その点で、意見が、わかれますね。僕は、犯人が、果たして、韓国語を話せるのか？　どんな語学力を、持っているのか？　その点が、わからないのですよ。犯人の性格とか、あるいは、外見などは、想像がつくんですがね」

「失礼ですが、滝川先生は、韓国語が話せるし、読めるんでしょう？　確か、アメリカで、韓国人の学生と一緒に、生活されていたそうですから」

十津川が、意地悪く、きいた。

滝川は、その質問には、ニヤッと笑って、

「困りましたね」

「何が困ったんですか？」

「今の十津川さんの言葉を、きいていると、十津川さんは、ひょっとすると、僕が犯人だと、思っているんじゃないですか？　もし、僕が犯人なら、確かに、韓国語を話せるし、書けますよ。しかし、僕は、犯人なんかじゃ、ありません。僕を犯人だと、決めつけていると、みすみす、犯人を、取り逃がすことになってしまいますよ。この点だけは、十津川さんの思い違いだから、気をつけてください」

滝川は、生真面目な顔になって、きっぱりと、いった。

3

南原の春香祭の会場には、十時少し前に着いた。

相変わらず、大通りも公園も、たくさんの人々で、埋まっていた。その中に、明らかに、日本人の女性のグループと、思われる一団が、目についた。

駐車場も、大型の観光バスや、乗用車で、一杯になっている。

三人は、バスから降りた。

「今日一日私たちと一緒に、動いて、もらえませんか？」

十津川は、ここでも意地悪く、きくと、滝川は、

「そうしたいのも、やまやまなんですが、そうもしていられないのですよ」

「どうしてですか？　警察に、協力してくださるんじゃなかったんですか？」

十津川が、きくと、滝川は、

「実は、十津川さんたちの、せいで、僕はちょっと、まずい立場に、立たされているんですよ。これから、その件でお詫びに行かなくてはならないんです」

と、いった。

「どういう、意味なんですか？」

「十津川さんも、胸に手を当てて、反省してもらいたいですね。昨日、祭りの事務局に、行ったでしょう？　日本で、会社の金を持ち逃げした犯人が、こちらに、逃げてきているかも知れない。容疑者の写真が、東京から、祭りの事務局に、ファックスで、送られてくるので、それを、取っておいてください。そういって、十津川さんは、僕の写真を、東京から、送らせたじゃありませんか」

滝川は、別に、怒っている様子はなく、笑いながら、いった。

十津川は、

(まずいな)

と、思った。

確かに、昨日、そういうことをやったのだ。

十津川が、黙っていると、滝川は、

「昨日、祭りの事務局の人に、捕まってしまいましてね。今の問題で、いろいろと、きかれたんですよ。日本から刑事が来ていて、あなたの写真を、見せられた。東京から、この事務局のファックスに、送られてきた写真がある。それが、あなたに、そっくりの写真だった。しかも、その写真の男は、日本で、会社の金を持ち逃げした犯人で、日本の警察が、その行方を、追っている。これは、どういうことかと、しつこく、きかれたんですよ。僕は、困ってしまいましてね。パスポートを見せたり、日本の大学の助教授であることを、延々と説明しましたよ。三十分近くもね。何とか、誤解を、晴らしましたけどね。もし、これが日本だったなら、間違いなく、僕は、警察を訴えていますよ」

これを、滝川は、笑いながら、いうのだ。

明らかに、滝川は、その件で、自分が有利な立場に立っていることを、意識しているようだった。貸しでも作った気でいるのか。

「これから、昨日お世話になったお礼を、事務局長にいわなければなりませんので、十津川さんとは、行動を、ともにしていられないのです。ですから、これで失礼しますよ」

滝川は、勝ち誇ったようにいって、スタスタと、祭りの事務局のほうに、歩いていってしまった。

「すっかり忘れていた」

十津川は、苦笑しながら、亀井に、いった。

4

「ここの事務局に、きちんと、事情を説明しておくべきだった。それを、つい、うっかり忘れてしまって、あの助教授に、借りを作ってしまったよ」

「しかし、彼は、どうして、いきなり、私たちに会いに来たりしたんでしょうか？」

亀井が、歩きながら、きく。

「たぶん、私たち警察の様子を見に来たんだと、私は、思っているんだがね」

十津川が、いった。

「私は、あの助教授が犯人だと、確信していますよ」

亀井が、きっぱりといった。

「しかし、証拠がない」

「わかっていますが、私は、間違いなく、あの助教授、滝川が、犯人だと思います」

公園の中に作られている大舞台に向かって歩きながら、亀井が、くり返す。

太鼓の音が、大きく響いてくる。それに、スピーカーを通じて、パンソリを歌う声が、朗々ときこえてきた。

昨日の大会で、優勝の女性と準優勝の男性が、今日ここで、改めて、自慢のパンソリを、太鼓に合わせてきかせるのだという。おそらく、その練習をしているのだろう。

「カメさんが、あの助教授を、犯人だと確信する理由は、何なんだ？」

舞台に向かって歩きながら、十津川が、きいた。

「日本の三つの祭りで、女性が、殺されています。その二つを、あの助教授が、予言しているんですよ。三月十三日の、高尾山の火渡り祭の時の被害者を、前もって、若いＯＬで、三月十三日の午後八時前後に、殺されるだろうと予言して、それが当たっています。もう一つは、二年前の十月の川越祭りの日の、殺人ですが、被害者が、二十代の女性だというのも当たっています。彼がもし、犯人じゃないのなら、絶対に、こんな予言は、できませんよ。彼が犯人だからこそ、彼の予言通りに、被害者が殺されているんです」

「しかし、なぜ、疑われるのを承知で、そんな予言を、したんだろう？」

「それは、彼の性格ですよ。自己顕示欲がものすごく強いと、彼の友人たちも、いっていたといいます。彼は、犯罪心理学の面で、自分こそが、日本の第一人者であるという自負が、あるんじゃありませんか？　事件が起きてから、それについて、解説していたのでは、犯罪心理学の、第一人者にはなれない。それで、二つの事件について、予言を、して見せたんですよ。当然、みんなは、ビックリする。素晴らしい犯罪心理学の、学者だと思ってしまう。そうした称賛が、欲しいから、危険を承知で、次の事件について予言をし、祭りに出かけていって、自分の予言にピッタリの女性を殺しているんですよ。私には、そうとしか、思えません」

「たまたま、その予言が、当たった。滝川助教授は、そういっていたが、それについての、カメさんの意見は？」

「例えば、三月十三日の高尾山の祭りの日のこと、その一つだけが、当たっているというのなら、偶然ということも、考えられますが、二年前の十月の川越祭りでも、彼は予言をして当てているんですよ。彼が犯人でなければ、二つの予言が当たるなんてことは、絶対にあり得ません。彼が犯人だからこそ、二つも、的中しているんです。これは、状況証拠ありといっても、いいんじゃありませんか？」

二人が、準備中の、大舞台に、目をやっていると、西本たちが、通訳と一緒に合流してきた。

「大通りのほうも、昨日と同じで、歩道には見物客が、もう一杯ですよ。露店も出ています。これから、向こうで昨日と同じような行列が、始まるんじゃありませんかね」

西本が、十津川に、いった。

十津川は、滝川助教授が、突然、光州のホテルを、訪ねてきたことを、刑事たちに、話した。

刑事たちの目が、一様に大きくなった。

「それって、挑戦ですかね？」

日下刑事が、眼を光らせて、きく。

「それは、どうとも取れるんだ。滝川助教授は、当然、私たちが、犯人を逮捕するために、この春香祭に、来ていることを知っていた。だから、わざと、挑戦的な気持ちで、あのホテルに私を訪ねてきたのかも、知れない。もう一つ考えられるのは、彼が犯人だとしてだが、こちらの様子を、うかがいに来た。そうとも取れるんだ」

十津川は、いった。

「そのときの滝川助教授の様子は、どうでしたか？」

西本が、きいた。

「一言でいえば、自信に溢れていたね。何をきいても、自信満々に、答えている」

「どうして、自信満々なんでしょうか？　少しは、恐れや、不安というものを、感じないんでしょうか？」

西本が不思議そうに、きいた。

「あの男が犯人だとしても、絶対に捕まらないという自信が、あるからじゃないかな？彼とずっと話していて、そのことを、とても強く感じたんだ。だから、その理由を、知りたいと思っているんだよ」

「私は、警部とは違って、簡単に、考えていますよ」

と、亀井が、いった。

「要するに、彼は自己顕示欲が強く、そして、自信家なんですよ。くり返しますが、彼が犯人であることは、まず間違いないと、私は、思っています。さっきも、警部にいいましたが、二つの殺人事件について、彼の予言が、的中していますからね。このことは、彼が犯人であることの、完全な証拠ですよ。それなのに彼は、今まで捕まらずにいる。それで、自信満々なんですよ。少しでも、捕まりそうになっていたら、あんなに、自信満々には、しゃべれません。私は、そう考えましたけどね」

「警部は、カメさんとは違った考えを、お持ちですか？」

日下刑事が、きいた。

「私も、カメさんと同じように、あの助教授が犯人であることは、間違いないと、思っているよ。ただ、彼がどうして、あんなに自信満々で、わざわざ、私に会いに来たのか、その辺のことが、カメさんとは、少しばかり違っているんだ。カメさんは、あの助教授が、今まで、捕まらなかった。だから、自信を持ってしゃべるし、私に会いに来た。そういっているが、私は、それだけだろうかと、考えてしまうんだ」

「警部は、滝川助教授が、自信満々なのは、何か、自信の裏付けがあるというのですか？」

亀井が、きいた。

「その通りなんだ。それが何なのかは、わからない。わからないことが、不安でね」

十津川は、正直に、いった。

5

時間が来て、再び、祭りが始まった。

大舞台では、パンソリ大会の昨日の優勝の女性と、準優勝の男性が、太鼓の音に合わせて、名人芸と呼べるような、パンソリを披露し始めた。

まず、準優勝の男性から、太鼓に合わせ、マイクに向かって、歌うような、語るような、見事な、パンソリが始まった。

一方、大通りのほうでは、昨日に引き続いて、華麗な行列が、行進を開始した。

何しろ、春香伝という物語は、韓国の人間なら誰もが、知っている長い愛の物語である。だから、その物語を、展開していくにも、二日間の長い行列が必要なのだろう。

十津川は、通訳に頼んで、この祭りの事務局に行って、日本人の、滝川助教授が、まだ事務局にいるか、また、事務局で、どんなことを話したかを、きいてきて、もらうことにした。

通訳は、すぐに戻ってきて、

「十津川さんのいう、大学の先生は、もういませんよ」

「おかしいな。ずっと、事務局のほうを見ていたんだが、滝川助教授が、出てくるのを見ていないんだよ。本当に、もう、事務局にはいませんでしたか？」

「ええ、もういませんよ。日本の大学の先生は、事務局で、こういったそうです。自分は、日本の大学で、祭りの研究をしている。それで、この有名な、春香祭にも来たのだが、できれば、韓国の男性と、同じ祭りの扮装をして、歩いてみたい。日本の先生がそういうので、事務局では夢龍《モンニョン》と同じ服を貸したそうです。滝川先生は、その服装に着替えて、嬉しそうに、事務局を出ていったそうですよ」

通訳が、笑顔で、いった。

（やられた）

十津川は、がくぜんとした。

昨日、春香の服装を、チェ・ジウがしていたし、相手の恋人の夢龍の服装を、チャン・ドンゴンがしていた。

その夢龍と、同じ服装をして、事務局を、出ていったというのだ。

この祭りの舞台を見回すと、春香の服装をした若い韓国の女性が、何人もいるし、その恋人・夢龍の服装をした、若い男性の姿もたくさん見えている。その中に、滝川助教授も、隠れてしまったと、十津川は受け取ったのだ。

「滝川助教授を、この混雑した中で、見つけるのは、ちょっとばかり、難しくなってしまったな」

十津川が、不安を、声に出して、いった。

「しかし、彼が犯人なら、きっと、祭りが終わった頃に、殺人を犯そうとします。だから、逮捕のチャンスは、必ずありますよ」

亀井が、励ますように、十津川に、いった。

今日の祭りが、終わるのは、午後五時頃と、十津川は、きいていた。その時間前後に、犯人は、この祭りの広場で、あるいは、大通りで、日本人の女を殺すのだろうか？

「滝川助教授は、昨日、ブランコの大会の外国人の部で、優勝した中野多恵子について、どう、いっていたのですか？」

西本刑事が、きいた。

「彼女の名前は、覚えていたよ。私が、犯人は、この中野多恵子を、狙うでしょうかときいたら、彼は、こういっていたんだ。狙うかも知れないし、今日、祭りの最後の日に、ほかの日本人女性で、目立った女性がいれば、そちらを、狙うかも知れない。そんなふうに、答えていたよ」

「それでは、中野多恵子にも尾行をつける必要がありますね」

亀井が、いった。

十津川は、三田村刑事と、北条早苗刑事の二人に、中野多恵子を、探すように命じ、もし、見つかったら、しばらくの間、彼女を見張っているように、指示を与えた。

十五、六分して、三田村から、十津川の携帯に、連絡が入った。

「中野多恵子を、見つけました。彼女と一緒に来た女性だけのグループの中で、楽しそうに話をしています」

「しばらくは、そのグループや、彼女たちと一緒に、いてくれ」

十津川は、三田村にいった。

問題の、ミス春香のコンテストは、午後一時から行われると、アナウンスがあった。

それまでに、十津川は、わかれて、昼食を、摂ることにした。まず、西本と日下に通訳をつけて、先に、昼食を摂るようにと、いった。

今日も、大通りに面して、ズラリと、食堂が並んでいる。街道沿いの食堂街、そんな感じである。

西本と日下の二人が、食事を終えてから、十津川は、亀井と、昨日とは、違う食堂に入ってみた。

昨日と同じように、ズラリと並んだ、食堂の入り口には、太った、店の主人や、女将さんたちがどっかりと腰を下ろして、熱心に呼び込みをやっていた。

二人が、中に入っていくと、祭りに参加している人たちが、旺盛な食欲を、見せている。酒を飲み、食べながら、大声を出している客たち。

十津川は、いちいち、説明をするのが面倒くさいので、昨日と同じものを、注文した。

昨日は、ドジョウ料理にとまどったが、今日は、一度体験したので、ドジョウ鍋が出てくると、とまどうこともなくそれを、野菜に包んで辛子をつけて、食べ始めた。

客の中には、春香の服装をした女性もいるし、夢龍の、格好をした男性もいて、店の中で、旺盛に食欲を満たしていた。

夢龍の服装をした男が、店に入ってくるたびに、どうしても、十津川と亀井は、そちらに目をやってしまう。

そのたびに、十津川は、

(少しばかり、難しいな)

だんだん、自信がなくなっていく気がした。

同じ服装をして、同じ化粧を、してしまうと、どの男も、同じ顔に、見えてしまうのである。

(これでは、あの滝川助教授はなかなか見つからないかも知れない)

そんな不安に、十津川は、襲われていた。

6

午後一時になると、大舞台の周りに、たくさんの人が、集まってきた。

ミス春香のコンテストは、この祭りの中でも、人気があるのだ。

チェ・ジウと、チャン・ドンゴンが、昨日と同じように、春香と夢龍の格好をして舞台に現れると、一斉に、大きな拍手が起きた。その中で、ひときわ高い歓声を上げているのは、日本人女性のグループらしい。

二人が、このコンテストの説明を、始めた。

それを通訳が、日本語に訳して、十津川たちに、教えてくれた。

「今年から、このコンテストには、外国人の女性も、参加できるそうです」

と、通訳が、いう。

「どんなコンテストに、なっていくんだろう？」

「今のチェ・ジウとチャン・ドンゴンの説明によりますと、参加者は全員、春香の服装をして、参加するそうです。そのほうが、依怙贔屓《えこひいき》なく、評価できると主催者は、いっていますね」

と、通訳が、いった。

(ますます、困ったことになった)

と、十津川は、思った。

コンテストに参加する、二十人の女性が、音楽に合わせて、舞台に、出てきた。通訳がいったように、全員が、春香の服装をしている。

化粧も同じなので、遠くから見ると、まったく見分けがつかなかった。

「あの中に、日本人女性は、何人いるんですか？　それは、わかりませんか？」

十津川が、通訳に、きいた。

「その点のアナウンスも、ありませんから、それはわかりませんけど、きっと一人か、二人じゃありませんか？　そんな感じで、アナウンサーが、いっていましたから」

通訳が、いった。

韓国のテレビクルーも、そのコンテストを撮影していて、大舞台の片側にある、大きなテレビ画面に、二十人の一人一人が、大写しになって出てくる。

十津川は、そのスクリーンを、じっと、見つめた。

しかし、どうしても、韓国人と、日本人の、区別がつかない。

そのうち、候補者一人一人が、音楽に合わせて、歌を歌うことになった。

(これで、少しは区別がつく)

十津川は、そこで、楽観した。

(たぶん、このコンテストに、参加している日本人の女性は、日本の歌を、歌うのではないか？)

十津川は、そう思ったからである。

しかし、十津川のそんな期待は、簡単に、裏切られてしまった。

一番から二十番までの、女性が、一人一人、舞台の前に出てきて、曲に合わせて、歌を歌ったが、二十人全員が、韓国の歌を歌ったからである。

「今の歌をきいていて、誰か、少し、韓国語の発音が、おかしかった人は、いませんでしたか？」

十津川は、通訳に、きいてみた。

通訳が、笑った。

たぶん、十津川が、どうしてそんなことをきいたのか、すぐに、わかったからだろう。

「みなさん、おかしな発音は、ありませんでしたよ。きっと、日本の人も、韓国語を、一所懸命練習してきたんじゃありませんか？」

通訳は、そう、いった。

その後、時間をあけて、ミス春香と準ミス春香二人が、決められることになった。

十津川は、また、少しだけ、気楽になった。

(もし、日本人女性が、優勝もしないし、準ミスにも、選ばれなければ、犯人が、日本人女性を、狙うことはなくなるだろう。逆に、もし、日本人女性が、優勝するか、準優勝になれば、その時点で、その女性が、誰かわかるから、彼女を、犯人から守ることが、できるのではないだろうか？)

十津川は、そう思ったのだ。

コンテストの結果は、春香伝の、映画のリメイク版に主演する、チェ・ジウとチャン・ドンゴンの二人から、発表された。

まず、準優勝から二人。

十津川は、じっと、きき耳を立てた。その耳に、準優勝の一人が、日本人で、名前は、池西香織《いけにしかおり》と、発表されるのが聞こえた。

優勝は、韓国の女性だった。

十津川は、双眼鏡で、池西香織の顔を、じっと見つめた。その顔を、自分の目に焼き付けて、おきたかったからである。

果たして、この池西香織が、犯人に狙われるのだろうか？　それとも、昨日のブランコの大会で、優勝した、中野多恵子が狙われるのだろうか？

第七章　最後の賭け

1

十津川は、考え込んでいる。

亀井が、横から、十津川の顔を、覗き込むようにして、

「警部は、何を悩んでいらっしゃるんですか？　とにかく、狙われるとすれば、ミス春香コンテストで、準優勝した池西香織か、ブランコ大会の外国人の部で、優勝した中野多恵子のどちらかと考えて、間違いないでしょう？　ですから、われわれも、二手にわかれて、彼女たちを見張っていたら、どうでしょうか？　そうすれば、犯人の滝川は、いずれ、どちらかを、殺そうとして、姿を現しますよ。彼を犯人として、逮捕できると思いますが」

「確かに、君のいう通りなんだが、少しばかり、私には、わからなくなっていることがあ

る」

十津川は、難しい顔で、いった。

「しかし、ここまで来たら、簡単なことだと、私は、思いますが。今申し上げたように、あの助教授は、池西香織か、中野多恵子のどちらかを、必ず狙いますよ。この二人のほかに、今回の祭りで、特に目立った日本人女性は、いませんからね。それとも、警部は、この二人の日本人女性のほかに、滝川が狙うような女性が、いるとお考えなんですか？　もし、そうだとすると、少しばかり厄介なことになりますが、それは、ないような気がします」

亀井は、断定するように、いった。

「いや、私は、そのことで、悩んでいるわけではないんだ。滝川助教授が、狙うとすれば、池西香織か、中野多恵子のどちらかだろうという推測は崩してはいないんだ」

「それならば、この二人を監視していれば、それが、そのまま、犯人逮捕に、繋がってくるんじゃありませんか？　ですから、われわれも、二手にわかれて、池西香織と中野多恵子の二人を、見張っていればいいんです。そして、時々連絡を取り合えば、それで、万全じゃないですか？　何しろ、犯人は一人でいるんだし、われわれは、これだけの、人数がいるんですから、犯人逮捕も、それほど難しいとは、思えませんね」

「そこがわからないんだよ」

十津川が、いった。

「どこがですか？　二手にわかれるのが、ご心配ですか？」

亀井が、不思議そうにきく。どうして、十津川が弱気になっているのか不思議なのだろう。

「いや、カメさんのいう通り、池西香織、中野多恵子のどちらかが、狙われると、私も考えているから、われわれも二手にわかれる必要がある。そのことを別に、悩んではいない」

「それなら、警部は、何を、悩んでいらっしゃるんですか？　確かに、滝川は現在、韓国人の扮装をしていますから、見つけ出すのは、難しいかも知れません。しかし、池西香織と中野多恵子のどちらかを、襲うことは決まっているんですから、この二人を、監視していれば、必ず犯人の滝川は、どちらかのところに、現れますよ。それを待っていれば、逮捕するのは、簡単じゃないですか？　滝川は、拳銃は持っていそうも、ありませんから、その点は、安心だと思いますね。それとも、警部は、あの男が、拳銃を持っていると、思っておられるのですか？」

「いや、私も、そんなものは持っていないと思っている」

「では、何が、心配なんですか？」

「簡単すぎるからだよ」

「簡単すぎるというと、どういうことでしょうか?」

「カメさんのいう通り、滝川助教授は、今日中に、池西香織か、中野多恵子のどちらかを襲うだろう。だから、二人を見張っていれば、必ず、滝川助教授が現れる。そして、簡単に逮捕できる。そのことに、どうしても、引っ掛かってしまうんだよ」

「まさか、警部は、滝川に、共犯者がいるとでも、思っていらっしゃるんじゃないでしょうね？　この事件は、特異な事件ですからね。滝川は、いわば病人ですよ。その病人に、共犯者がいるとは、私には、思えませんが」

「私だって、あの助教授に、共犯者がいるとは、思っていない」

「それなら、問題は、ありませんよ。犯人逮捕は、簡単に見えますが、しかし、簡単に済むなら、それはそれで、いいじゃありませんか？」

「本当に、簡単なんだろうか？」

十津川が、きいた。

亀井は、なおさら不思議そうな、顔になって、

「しかし、どう、複雑になるんですか？　共犯者は、いないわけでしょう？　だとすれば、

あの男は、自分で女を殺すしかないんです。見張っていて、滝川が犯行に及ぼうとしたら、緊急逮捕で、捕まえたらいいんじゃないですか？　どこが、難しいのか、私には、わかりませんが」

「あの滝川助教授が、それほど頭が悪いとは思えない。むしろ、かなり利口だと、私は思っている」

「その点については、別に異論はありません。確かに、なかなか頭の切れる男だと思いますよ」

「それなのに、どうして、わざわざ、韓国に来て、その上、私たちに、挑戦してきたんだろう？」

「挑戦してきたのは、彼が、自惚れ屋だからじゃないですかね？　今までに、何人もの女性を殺しているのに、捕まっていない。だからきっと、だんだん、図々しくなってきているんですよ。自分は、絶対に捕まらない。そう思っているから、わざわざ、光州のホテルまでやってきて、われわれに、挑戦状を叩きつけたんじゃないでしょうか？　しかし、結局はそれが、あの男を、縛ることになっているんです。今さら、彼が池西香織、中野多恵子の二人以外の、目立たない日本人女性を殺すとは、思えません。そんなことをすれば、彼自身の自尊心が、傷つくことになってしまいますからね」

「確かに、カメさんのいう通り、あの男は、自惚れ屋で、自尊心は人一倍強いだろう。だから、自分から、私たちに会いに来ている。そして、祭りの最後の日、つまり、今日、犯人は、池西香織か中野多恵子のどちらかを、狙うと宣言したんだ。滝川助教授本人が、どちらかを殺すとね。しかし、どう考えてもこのまま行けば、その犯人は、われわれに、逮捕されるよ。被害者を、刺すことができるか、あるいは、何も、手を出せないか、どちらかはわからないが、われわれは、彼を犯人として逮捕できる」

「そうですよ。必ず逮捕できます」

「しかし、そのくらいのことは、あの男に、わからないはずはないんだ。それなのに、どうして、捕まえられるようなことを、考えるのかね？」

「それは、何とも、いえませんが、ひょっとすると、あの男には、自分が捕まりたい、そんな気持ちがあるんじゃないですか？」

「自分が捕まりたいというのは、どういうことかね？」

「犯人は、すでに、何人もの女性を殺しています。そこで、疲れ切ってしまったんじゃ、ありませんかね。そして、疲れ切って、もう、終わりにしたい。しかし、警察に出頭したり、あるいは、自殺したりして、終わりにはしたくない。最後は、華々しく、警察と戦って終わりたい。そう思って、わざわざ、われわれに、会いに来たんじゃないでしょうか？」

「連続殺人に、疲れ切ったか？　それとも、飽きたか？　カメさんは、そう思うわけだな」

「そうですよ。そういうことも、時々ありますからね。以前にも、あったじゃないですか。確か、四、五年前にも、同じように連続殺人を実行していて、最後には、疲れ切って、わざわざ、われわれに、捕まるように最後の犯行を実行した男がいましたよ。そして、捕まった時、彼がいちばん最初に、いったのは『捕まってホッとした』という言葉でした。それと同じことを、あの滝川も考えているのかも、知れませんよ」

亀井が、そんないい方をした。

しかし、十津川は、亀井の話に、同調できずに、

「しかし、私には、あの男が、疲れ切って、もう、捕まりたいなどと感じているようには、到底思えないんだがね。そんな男ではないと思うよ、あの男は」

「では、警部は、あの滝川が、どう考えていると、思っていらっしゃるんですか？」

「あの男は、疲れ切ってもいないし、もちろん、捕まりたいとも、思っていない。たぶん、自信満々なんだ」

「われわれが、何かを、見落としている。警部は、そう思われるんですか？」

「そうじゃないかと、心配しているんだ」

「しかし、共犯者が、いるわけじゃないでしょう？　それに、拳銃を持っていないとすれば、遠くから、池西香織か、中野多恵子のどちらかを狙って、撃つというわけには行きませんよ。そばまで、やって来て、殺すよりほかに、仕方がないんです。そうなれば、簡単に、逮捕できますよ」

亀井は、繰り返した。

2

「どうも、うまく、自分の不安を説明できないんだ」

十津川が、独り言のように、いう。

「それでは、一つずつ、確認していこうじゃありませんか？」

「どんなふうにかね？」

「まず、あの滝川が犯人だということですが、これは、間違いありません。この点は、警部だって、そう思っていらっしゃるでしょう？」

「もちろん、その通りだ。あの助教授以外に、犯人は、いない」

「それが第一です。第二には、あの男は、今までに、何人もの女性を殺してきました。しかし、誰かを、大金で雇って、殺させているわけではありません。そんなことをすれば、彼自身に、何の喜びもないでしょうからね。この点にも、警部は賛成してくださるでしょう？」

「ああ、それも、賛成だ」

「第三、共犯者はいない」

「こうした事件に、共犯者がいるとは思えない」

「第四、滝川は、拳銃を使っていないし、それに代わるような、飛び道具も持っていない。警部だって、賛成なさるでしょう？」

「それにも、同感だ。あの助教授には、拳銃は似合わないからね。ナイフを、使うとすれば、自分の手でナイフを持って、女を刺す。そういうことは、あるかも知れない」

「これだけ、条件が揃っているのに、警部は何が、心配なんですか？　心配の種なんて、どこにもないと、思いますが。もう少し、自信を持っていただけませんか？」

「確かに、カメさんのいう通りなんだ。それなのに、どうしても、不安がついて回る。今、カメさんが、いった通り、滝川助教授が、犯人であることは、間違いない。池西香織か中野多恵子の、どちらかを狙うこと、これも間違いないと、思っている。さらに、共犯者はいないし、拳銃も持っていないだろう。確かに、その通りなんだが、それでも、なぜか、不安になってしまうんだよ」

「それは、あの滝川という男が、自信満々に見えるからですか？」

「確かに、それもあるね。彼はなぜ、あんなに、自信満々なんだろうか？　今、カメさんのいった、四つの条件を考えれば、彼が自信満々になれる理由は、全く、ないんだ。むしろ、捕まるかも知れないという、不安のほうが、強くなるはずなんだ。それなのにどうして、あんなに、自信満々なのか？　それを考えると、何かこちらが、見落としていることがあるのではないか？　どうしても、そんな気持ちになってきてね」

十津川は、困惑した表情になって、亀井に、いった。

「では、警部が疑問に思っていらっしゃることを、一つ、挙げていただけませんか？　それを一緒に、考えてみましょうよ」

今度は、亀井が、要求した。

「そうだな」

と、十津川は、考えてから、

「犯人は、予言通りに、殺人を実行している。祭りを見物に来た、若い女性が殺されると、そう、予言すると、その通りに、来た女性が、殺された。また、ほかの祭りの時には、O

Ｌの娘が、殺されると、予言して、その通り、本当に、東京のＯＬが、殺された。なぜ、予言通りに被害者が出るのか？　これがまず、疑問なんだよ」

「わかり切ったことじゃ、ありませんか？」

亀井が、笑いながら、いう。

「何しろ、予言をした本人である滝川自身が、殺人を、実行しているんです。自分で、予言しておいて、そのとおり殺せばいいんですから、こんなに、簡単なことはありませんよ」

こともなげに、亀井が、いった。

十津川も、つい笑って、

「確かに、疑問とは、いえないほどのものだな」

と、いった。

「そうですよ。とにかく、これから、われわれは、二手にわかれて、池西香織と中野多恵子の二人を見張って、犯人の滝川が現れるのを待っていようじゃありませんか？」

亀井は、そう提案した。

十津川は、北条早苗や三田村刑事に、韓国人の、通訳をつけて、まず、中野多恵子を、見張っているように、命令した。

北条早苗たちに合流するために通訳が、離れていくと、十津川と亀井は、その場に残って、舞台を見つめた。春香《チュニャン》の格好をした池西香織が、優勝者の韓国人女性たちと、舞台の上で、話し込んでいる。

3

十津川は、亀井と二人、このミス春香コンテストの主催者に、会うことにした。

楽屋に行き、準優勝の、池西香織を呼んでもらった。

しばらくして、池西香織が、興奮した表情で、楽屋に、入ってきた。

彼女に向かって、十津川は、まず、警察手帳を示した。

そのあと、連続殺人事件のことを、また、滝川という名前は、いわなかったが、その犯人と思われる男が、この祭りに、来ていることを話した。

最初のうち、池西香織は、半信半疑の表情だったが、しかし、十津川が、話しているうちに、次第に、強ばった顔になってきた。

「われわれが、あなたを、必ず守ります。犯人が現れたら、すかさず逮捕するつもりですから、その点は、安心していてください。念のためにいっておきますが、犯人は日本人です」

「本当に、安心していていいんでしょうか?」

香織が、当然、心配そうに、きいた。

「ええ、大丈夫です。しかし、そのためには、あなたの協力が、必要です」

「でも、どのように、協力したらいいんでしょうか?」

「今も申し上げたように、われわれは、全力を挙げて、あなたのことを、守ります。ただ、あなたは、ほかの、韓国の女性と、同じように、春香の格好を、していらっしゃる。だから、私たちには、ほかの韓国の女性と、あなたとの見分けがつかないんですよ。あなたを、守りにくくなってくる。ですから、何か、あなただと、わかるような目印を、どこかにつけていただけませんか?」

十津川が、いった。

「何か印をといわれても、何をつけたらいいんでしょう? お祭りが、終わるまで、ずっと、この格好を、していてくれと、事務局の方に、いわれているんですけど」

池西香織が、いった。

「そうですね。その服装の、襟《えり》のところに、何か小さな、色のついた布をつけておいてくれませんか? そうすれば、同じ格好をしたミスたちの中で、あなたが、すぐに、わかりますから」

十津川が、いった。

それでもなお、香織は、悩んでいたようだったが、事務局から、小さな、黄色い布をもらってくると、それを、襟のところに挟むようにした。

「これで、わかりますか？」

香織が、きく。

十津川と亀井は、少し離れた場所から、それを見て、

「ええ、それなら、あなただと、すぐにわかりますね」

「でも、こんな印をつけていると、日本からやって来ているという、犯人にも、わかってしまうわけでしょう？　そうじゃ、ありませんか？」

香織の顔は、少し青ざめている。

「犯人は、その印のことは、知らないはずですから、大丈夫だと、思いますよ」

十津川は、安心させるように、いった。

確かに、コンテストの、参加者の中で、一人だけ、襟に黄色い小さな布をつけていれば、誰だって、少しは、不審に思うだろう。

しかし、滝川助教授、すなわち犯人が、それが、日本人の池西香織だと、果たして、考

えるかどうか？

「とにかく、私たち二人が、絶対に守りますから、安心していてください」

十津川は、重ねて、いった。

「私を殺そうとしている犯人は、日本人なんでしょう？」

「そうです。今もいったように、日本からやって来た、犯人です」

「どんな人相の男なのか、教えてくれませんか？　それがわからないと、不安で、仕方がありませんから」

香織が、もっともなことをいった。

十津川は、彼女に、滝川助教授の写真を、見せた。

「この男が、われわれが、犯人だと思っている人間です。名前も教えましょう。滝川修という名前で、身長百七十三センチ、体重六十キロ。少し、痩せていて、すでに、この祭りの、会場にやって来ています」

「その人、なぜ、女性ばかり、狙って殺しているんですか？」

香織が、きいた。

「おそらく、病気です」

「それから、この犯人は、どんな、服装をしているんですか？　それがわかれば、警戒することも、できますけど」

「それがですね。困ったことに、この犯人も、あなたと同じように、春香の恋人の、夢《モン》龍《ニョン》の、格好をしているんですよ。だから、簡単には、日本人とはわからないかも、知れません」

「それじゃあ、なかなか、見つからないじゃありませんか?」

香織は、眉を寄せ、非難するように、いった。

「それでも、大丈夫です。私たち二人が、常にあなたのそばにいますから。それに、近くまで来れば、犯人は、わかります。ですから、あなたには、一指も、触れさせませんよ」

十津川は、安心させるように、キッパリと、力を込めて、いった。

十津川は、携帯電話を、北条早苗にかけた。

「中野多恵子の様子は、変わらないか?」

「仲間の女性たちと一緒に、今、こちらで休んでいます。彼女の尾行を続けます」

早苗が、はきはきと、いった。

十津川は、電話を切ると、池西香織に、目をやった。

香織は、優勝者の韓国人女性や、もう一人の準優勝者や、あるいは、最終選考にまで残ったほかの、ミス春香コンテストの参加者と一緒に、事務局長の話を、きいている。

どうやら、これから全員で、公園内を練り歩いたり、春香と夢龍の二人が初めて会ったという広寒楼《クアンハンル》で、記念写真を撮ったりするらしい。

公園内には他に、春香と夢龍の二人が、暮らしたという小さな家も作られているし、二人が隠れていたという場所も、作られているのだが、そこにも、行って、同じように記念写真を、撮ったり、この祭りを見に来ている、観光客を相手に、サイン会を、開いたりも、するらしい。

十津川と亀井も、彼女たちの動きに合わせて、移動していった。

十津川たちは、上着のポケットに、拳銃を忍ばせている。犯人逮捕の時、できれば拳銃は使いたくはないが、万一の場合は、犯人を射殺してもいい。そう思ってはいた。

移動しながら、十津川は、早苗たちに、電話をかけた。

「今、どんな具合だ？」

「韓国のテレビ局が、取材に来ていて、例のブランコの場面を、もう一度撮影したいということで、そちらに向かって、移動しているところです」

と、早苗が、いった。

「犯人の滝川だが、彼が現れるような、気配はあるか？」

「まだ、そのような事態には、なっていませんが、滝川を見つけるのも、難しいと思っています。何しろ、彼は、夢龍の格好をしているそうですから」

と、早苗は、いった。

4

こちらにも、韓国の、テレビの取材クルーが来ていた。ズラリと並んだ、ミス春香コンテストの参加者たちに、インタビューしている。

祭りに集まった人たちが、遠巻きに眺めていた。その観客たちとの間には距離があるので、

(この距離なら、もし、滝川が、現れたとしても、池西香織を殺すことは、まずできないだろう)

十津川は、そう思って、少しリラックスした気持ちになり、また、先ほどの考えの、続きを始めた。

今度は、自殺した、北川広明のことが頭に浮かんでいた。

北川広明が自殺するまで、十津川は、彼が、自分の意志でさまざまな話を、十津川にしてきたとばかり、思っていた。しかし、北川が自殺した後では、滝川助教授が、思い通り

に北川広明を、操っていたということが、わかってきている。

だから、滝川は、自分の意志を、北川広明の口を通して、しゃべっていたことになる。

滝川は、犯罪心理学について、長年勉強してきた。その知識と、彼自身の強い意志力によって、北川広明という人物を、思い通りに操っていた。

今、十津川は、このことから、一つの結論を導き出そうとしていた。

「滝川が、北川広明を、思い通りに操っていたとすれば、もう一人の、北川広明も、思い通りに操っているのでは、ないだろうか？」

それが、十津川がたどり着いたもう一つの結論だった。

ここに、一人の男がいる。

その男の名前は、わからない。例えば、その男をKとする。

そのKは、北川広明と、同じように、精神を病んでいる。滝川助教授は、そのKを、簡単に見つけ出したのでは、ないだろうか？

滝川は、Kと同じように、精神を病んでいるし、その上、滝川は、助教授として、Kより優位に立っているからだ。

滝川は、おそらく、Kが、最初の犯行を実行した時、偶然Kを見つけ出したのではないのか？　自分も、祭りで獲物を探していて、目をつけていた女性が、先に殺される現場を見たとか――。

その後は、北川広明を、操ったように、Kを自分の思う通りに、操ってきたのではないのか？

だから、滝川は、犯行を予言することもできた。予言しておいて、その通りにKを操って、殺人を、犯させることも、可能だったからだ。

（もし、この考えが正しいとすれば）

と、十津川は、考える。

（Kも、日本から韓国にやってきて、この祭りの中にいるのではないのか？　そして、滝川は、このKを操って、何人目かの、獲物を殺すつもりではないか？）

だからこそ、滝川は、平気な顔で、光州のホテルに、十津川たちを訪ねてきて、自信満々に、挑戦状を叩きつけたのだ。

Kがいるから、自分は、絶対に捕まらない。滝川は、そう、確信しているのではないのか？

むしろ、自分が出ていって、警察に挑戦すれば、自分のことだけを、警察がマークする。そうさせておいて、自分が、暗示をかけたKに、池西香織か、中野多恵子を、殺させる。

それができると、思っているから、自信満々で、いるのではないのか？

十津川は、隣にいる亀井に、小声で、今、自分が考えたことを、そのまま伝えた。

亀井の表情が、急に強《こわ》ばった。

「滝川に操られた、もう一人の男の存在ですか？」

亀井は、オウム返しにいったが、しかし、わからないという、表情をしている。

「これは、あくまでも、私の勝手な、想像なんだがね。北川広明は、間違いなく、滝川が操っていた。そして、自分の考えを、北川にしゃべらせていた。彼には、それができた。とすれば、北川と、同じような犯罪者、それは、滝川本人と同じ犯罪者でもあるんだが、その犯罪者を見つけ出して、自分の代わりに、女を殺させることも、可能だったんじゃないのか？　元々、その男には、若い女を、殺したいという願望があるわけだからね」

「それって、間違いありませんか？」

亀井が、小声で、きく。

少しずつ、亀井の表情も、変わってきた。おそらく、徐々に、十津川の考えが、呑み込めてきたのだ。

「もし、警部のいわれた通りだとすれば、滝川という男は、本当にひどい奴ですね。自分で手を下さずに、自分の傀儡《かいらい》を使って、自分の思いを、遂げているわけですから、これ以上の悪人は、いませんよ」

「滝川は、アメリカにいる時、向こうの警察に一度、調べられている。彼の知っている若い日本人女性が二人、殺されているからだ。しかし、逮捕は、されなかった。滝川自身が、手を下さずに、Kという犯人を、操って殺させたから、彼は、逮捕されなかったんじゃないのか？　そんなことも、考えてみたんだ」

「しかし、警部のいわれる、Kという男が、どんな顔をして、どんな、背格好なのかがわかりません。その男が、実在していても、見つけるのは、難しいんじゃありませんか？」

「滝川は、北川広明の言葉として、犯人について、こんなことをいっているんだ。犯人は女に優しい。色白で、可愛い顔をしている。女を憎んではいない。むしろ、愛している。きちんとした、服装をしている。女は獲物であり、殺すことに誇りを持っている。そして、腕力がなく、気弱な男である。つまりこれは、北川の口を借りて、滝川本人が自分自身のことか、あるいはKのことを、いっているんじゃないのか？　私は、そう思っているんだ。これで、完全に、Kという男のことがわかるわけではないが、少しは、参考になるんじゃないのか？」

と、十津川は、いった。

「確か、滝川は、一人で、大韓航空の飛行機を使って、この韓国に、来たんじゃありませんか？　警部のいわれる、Kという男は、同じ飛行機に乗っていたんでしょうか？」

「たぶん、そうだろう。もし、Kがいるとすればだが、同じ飛行機に乗って、きたはずだと、私は思っているよ」

十津川は、北条早苗にも、電話をかけて、自分の考えを伝えた。

一瞬、電話の向こうで、早苗は、絶句したようだったが、

「確かに、警部のいわれるように、滝川という男には、そうした、人を操れる力があるのかも知れません。何しろ、犯罪心理学を、何年も、勉強しているわけですし、彼自身にも同じ犯人の素質があれば、同類の男を、操縦するのは、容易《たやす》いことかも、知れませんね」

「それを考えて、くれぐれも、用心しておいてくれよ」

十津川は、強く、いった。

ミス春香の一行が、動き出した。

春香伝の主人公二人が会ったという、公園内の広寒楼に向かって、歩き出した。春香伝の二人は、この建物の中で、愛を語り合ったのである。

そこで、テレビ局の、撮影があるらしい。

観光客たちも、同じように広寒楼に向かって、移動していった。

十津川と亀井は、じっと、その観光客の流れを見ていた。

「あの男」

不意に、亀井が、声を出した。

「どの男だ？」

十津川が、きく。

「あそこに、白いジャンパーを着た、年齢二十五、六歳の男がいますね。今、広寒楼を見上げています。手に、小さなカメラを、持っています。白いジャンパーとジーンズ、そして、スニーカーを、履いた男です」

「わかった」

「あの男の表情が、おかしいとは思いませんか？」

「いわれてみれば、確かに、少しばかり、目つきがおかしいな」

「そうですよ。瞬《まばた》きしていませんよ」

「何かに、憑《つ》かれているように見えるな」

十津川が、じっと、その男を見ながら、いった。

「日本人でしょうか？」

亀井が、きく。

十津川は、それには、答えず、周囲を見渡した。

（もし、あのジャンパー姿の男が、Ｋだとすれば、その近くには必ず、滝川助教授が、い

るはずだ）

十津川は、そう思ったから、じっと、周囲を見回したのだが、滝川助教授と思われる男は、見つからなかった。

それでもなお、十津川は、じっと、周囲を見渡し続けた。

その視線の中に、春香と夢龍の格好をした男女が入ってきた。

その二人は、別に、おかしくは、見えなかった。というよりも、むしろ、祭りの雰囲気に、溶け込んでいるカップルに見えた。

しかし、何か気になって、十津川は、さらに、その二人を見続けた。

二人は、何か話し込んでいる。時々、春香の服装をした、女性のほうが、楽しそうに、笑うのが見えた。

そのくせ、男のほうは、笑っていない。笑っていないくせに、口を、動かしているから、男が女に、話しかけているのだろう。

顔も笑っていないし、目も笑っていない。

男は、一人で勝手にしゃべりながら、女の顔を見ずに、ほかのほうを、見ている。

十津川は、その男の視線を、追ってみた。

男の視線の先に、例の白いジャンパーの男がいた。

間違いなかった。

夢龍の格好をした男は、隣の女に、話しながら、その目は、七、八メートル離れたところにいる、ジャンパー姿の男を見つめているのだ。

しかし、その夢龍姿の男が、滝川助教授かどうかは、判断がつかなかった。

十津川はそっと、北条早苗に、携帯電話をかけた。

小声で、

「どうだ、そちらは？　何か起こりそうか？」

と、きく。

「今、例の、ブランコの場所に来て、昨日の優勝者や、中野多恵子たちが、模範演技を、始めています。見物人は、そう、たくさんは、集まってはいません。それでも、演技が始まると、みんな、拍手をしていますね。しかし、犯人らしい男は、周囲を見回しても、視界に、入ってきません」

早苗が、いった。

こちらでは、広寒楼でのテレビ撮影が終わると、今度は、公園内に作られた、春香と夢龍の隠れ家のほうに、向かって、移動を始めた。

そこには、二人が、結婚式を挙げた舞台が、作られていて、そこでも、テレビ局の撮影があるらしい。

それが済むと、彼女たちは、集まった観光客に、サインをして、それで、終わりということになっていた。

十津川と亀井は、少し離れた位置から、一行に、ついていった。

「例の男ですが、相変わらず、じっと、ミス春香たちを見ていますよ」

ゆっくりと、歩きながら、亀井が、いった。

「おかしなカップルも、一緒に、歩いている」

十津川は、そのカップルの、説明を、小声で、亀井にした。

亀井が、視線を動かそうとしたので、

「今は、見ないほうがいい。用心されたら、困る」

と、十津川が、いった。

時間が、ゆっくりと、経っていく。

ミス春香コンテストの、韓国人の優勝者、それから、池西香織、もう一人の、準優勝者が、集まった人たちの中から、二十人を選んで、サイン会を始めた。このサイン会が終われば、解散することに決まっている。

「その瞬間が、危ないな」

十津川は、小声で、亀井に、いった。

亀井は、じっと、白いジャンパー姿の男を見つめている。十津川は、相変わらず、その男から七、八メートル離れたところにいる、カップルに、目をやっていた。

いつの間にか、春香の格好をした、連れの女の姿が、見えない。夢龍の格好をした男一人が残って、じっと、白ジャンパーの男を見つめている。

サイン会が、終わった。

案内役の男が、韓国語でしゃべっている。

集まっている観光客の一団が、一斉に拍手をした。どうやら、これで、解散に、なるらしい。

その時、急に、十津川が見張っている夢龍姿の男が、動き出した。

ゆっくりと動き、例の、白いジャンパー姿の男のそばで、いきなり、立ち止まった。そしてまた、何事もなかったように、歩き出す。何か話したのは間違いない。

それに合わせるように、十津川は、横にいる亀井に、ささやいた。

「白いジャンパー姿の男が、もし、池西香織に、近づいたら、いや、池西香織に襲いかかろうとしたら、カメさんが、逮捕してくれ。私は、向こうに行った夢龍姿の男を、逮捕する」

「わかりました」

短く、亀井が、うなずいた。

ミス春香コンテストで、優勝した韓国人の女性、そして、準優勝の韓国人と、池西香織の三人が、抱き合っている。

そして、二人と別れると、池西香織は、仲間の日本人女性たちに会うためなのか、さっきの広寒楼の方向に、ゆっくりと歩き出した。

見物人も散らばって、人の姿が少なくなっていく。

大きな池がある。そこに、石の橋が、架かっていて、その橋を渡っていくと、広寒楼への近道である。

池西香織は、ためらわずに、その石橋を渡っていった。歩きながら、手を振っている。

その先に、日本人の女のグループがいた。

突然、例の白いジャンパーを着た男が、石橋のほうに向かって、走り出した。亀井刑事が、その後を追う。

走る男の手に、キラリと、光るものがあった。明らかに、ナイフだった。

亀井が、ためらわずに、背後から、男に飛びついた。細い石橋の上から、二人は、重なり合うようにして、池に落ちていった。

十津川は、相変わらず、七、八メートルの距離で、見ている夢龍姿の男に向かって、ダッシュしていった。

その十津川の姿に気づいて、相手がこちらを見る。

十津川が、走りながら、日本語で、叫んだ。

「緊急逮捕！」

相手の顔が歪む。明らかに、その日本語の意味が、わかったのだ。

途端に、逃げようとする男に向かって、十津川は、飛びついた。

十津川は、相手を、組み伏せておいて、

「滝川だな」

と、いった。

相手は、黙っている。

十津川は、一発殴りつけた。その一発で、頭の冠が飛んでしまった。

冠が取れると、間違いなく、そこには、滝川助教授の、顔があった。

十津川は、手錠をかけて、滝川を引き起こした。

そうしておいてから、十津川は、電話で、北条早苗たちを、呼び寄せた。

「こちらで、事件発生。犯人は逮捕した」

北条早苗たちと、通訳が、飛んできた。

亀井刑事が、白いジャンパー姿の男の、腕をとって、引きずるようにして、池から、上がってきた。

十津川は、手錠をかけた、滝川助教授と、同じように、手錠のかかった、白いジャンパー姿の男を、祭りの、事務局のところまで連れていった。

通訳を通して、事情を説明する。

「できれば、ここで、この犯人たちに、訊問をさせてもらいたい」

十津川は、いった。

事務局の了解を得ると、十津川は一室を借りて、二人の訊問を、始めることにした。

二人を並べておいて、まず、白いジャンパー姿の男の、ポケットを探って、パスポートを取り出した。

そこには、高田五郎《たかだごろう》の、名前があった。年齢は二十九歳。

さっきまで、高田は、何かに、取り憑かれたような目をしていたが、今は虚脱したようなうつろな目になっている。

「君はさっき、ナイフを持って、日本人の、池西香織を、襲おうとした。それは認めるね？」

十津川が、相手に、きいた。

高田五郎は、すぐには、返事をしなかった。それは、ふて腐れているのではなくて、何か放心状態という感じなのだ。

重ねて、十津川が、きくと、黙ってうなずいている。

「前にも、君は、何人もの女性を、祭りの日に狙って、殺したんじゃないのか？　どうなんだ？」

十津川が、強い口調で、きくと、急に、高田五郎は、ニヤッと、笑って、

「ああ、何人も殺してやったよ。いい気分だった」

「お前は、何の罪もない、若い女性を何人も殺しておいて、悪いことをしたとは、思わないのか？」

亀井が、じっと、相手の顔を、睨むようにして、きいた。

高田は、またニヤッと笑って、

「俺の狙った女は、俺の獲物なんだよ。そういう獲物を殺して、どこが、悪いというんだ？」

「そうか、女は獲物なのか？　だから、君は、蒼き狩人と、名乗っていたのかね？」

十津川が、きいた。

男は、今度は、誇らしげに、

「そうさ。気が利いた名前だろう？　俺は、獲物を、狙う狩人なんだ」

と、いう。

十津川は、滝川助教授のほうに、目をやって、

「何かいいたいことがあったら、遠慮なく、しゃべりたまえ」

「私は、何もやっていない。誰も殺していない。犯人は、そこにいる、男だよ。私は無実だ。私の手錠をすぐ外してくれないかね？」

滝川は、十津川を睨むようにして、いった。

「手錠は、外せないといったら、どうするんです？」

十津川が、きく。

「警察を告訴する」

「どういう理由で、告訴するんですか？」

「犯人でもない人間、つまり、私のことだが、その私を、不当逮捕したからだ」

「不当逮捕ですか？」

「当然だろう。犯人は、そこにいる男だ。それは、君たちにだって、わかっているはずだ。それとも、犯人が二人いるとでも、思っているのかね？　私が、女を襲ったという証拠が

あるのかね？　私は、ただ、この祭りを楽しみに来ただけだよ」

滝川は、落ちつき払って、いった。

「あなたは、そこにいる高田五郎という男は、もちろん、知っていらっしゃるわけですね？」

十津川が、わざと、丁寧な口調で、きいた。

「いや、全く知らない男だね。会ったこともない」

滝川は、平然と、いう。

十津川は、高田に目をやった。

「君は、この先生を知っている筈だ。君の話を、いろいろと、聞いてくれたり、相談にのってくれていたんだろう？　それに、君が女を殺すのを、賞《ほ》めてくれてたんじゃないのかね？」

十津川は、じっと、高田の目を見すえて、きいた。

高田が、ニヤッと笑う。

(ああ、知っているよ)

と、いう言葉を、期待したのだが、次の高田の言葉は、違っていた。

「俺は、偉いんだ。誰の助けも借りやしない。俺は、ヒーローだ。蒼き狩人だよ」

高田は、胸をそらせて、いう。

「そういって、君をおだてたんだな？」

「おだてただって？　バカをいうなよ。俺は、そんなケチな男じゃないぞ！　俺は、誰にも命令なんかされない。俺は、ヒーローだ。蒼き狩人だ」

高田は、興奮して、叫ぶように、いった。

それを、滝川は、ニヤニヤ笑いながら見ている。

「十津川さん。無駄なことは、およしなさい。彼は、自分の意志で、人殺しをやってるんだ。私が動かしているわけじゃありませんよ」

「うまく、教育したもんだな」

「私は、もう、帰ってもいいでしょう？　ごらんのように、私は、何の関係もないんだからら」

と、滝川は、いったあと、

「ああ、その男が、北川広明と同じ連続殺人犯なら、ぜひ、私に研究させて下さい。北川より、もっと、多くの女性を殺しているんじゃありませんかね」

と、つけ加えた。

勝ち誇った顔だ。

とたんに、高田の表情が変わって、目を光らせて、滝川を睨んだ。

十津川は、それを、見逃さなかった。

(なぜ高田が突然、怒ったのか？　そうか――)

と、思った。

「あなたは、あの男を、心理的に操って、殺人を続けた」

と、滝川に向かって、いった。

「しかし、時には、自分でも、殺人の瞬間を、楽しみたくて、一人か二人、自ら手を染めて、女を殺したんじゃないんですか？　特に、自分の気に入った獲物をね」

滝川の顔色が、変わった。

「そんなことはない！」

と、大声で、叫んだ。

それを聞いて、高田は、急に、手を伸ばして、滝川の襟《えり》をつかんだ。

「忘れていた。あの時、あんたは、俺の獲物を横取りしたんだ。十月の川越祭りの時だよ。俺が、狙っていた大事な獲物を、楽しみながら、ゆっくり殺そうと考えていたら、あんたが、突然、現れて、横取りしやがった。俺は、覚えてるんだ。ぞくぞくするような、いい女だったからな。あの日は、一日中不愉快だった。俺は、壁を蹴飛ばしつづけたんだ。畜生！」

高田が、滝川を、突き飛ばした。

十津川は、倒れた滝川を、見下ろして、いった。

「十月の川越祭りですか。やっぱり、あなたも、我慢しきれないことがあったんだ。それは、あなたが、あの高田と同じ病人だからだよ」

この作品はフィクションであり、実在の個人・団体・事件などとは、いっさい関係ありません。（編集部）

二〇〇六年二月　文藝春秋（ノベルス版）刊
二〇〇八年十二月　文春文庫刊

光文社文庫

長編推理小説
十《と》津《つ》川《がわ》警《けい》部《ぶ》、海《かい》峡《きよう》をわたる　春《しゆん》香《こう》伝《でん》物《もの》語《がたり》
著　者　西《にし》村《むら》京《きよう》太《た》郎《ろう》

2024年4月20日　初版1刷発行

発行者　三　宅　貴　久
印　刷　堀　内　印　刷
製　本　ナショナル製本

発行所　株式会社　光　文　社
〒112-8011　東京都文京区音羽1-16-6
電話（03）5395-8147　編　集　部
8116　書籍販売部
8125　制　作　部

ISBN978-4-334-10272-2　Printed in Japan

組版　萩原印刷

光文社文庫最新刊

能面検事の奮迅《ふんじん》	中山七里
十津川警部、海峡をわたる　春香伝《しゅんこうでん》物語	西村京太郎
南紀殺人事件	内田康夫
E_7　しおさい楽器店ストーリー	喜多嶋 隆
逆玉に明日はない	楡 周平
YT　県警組織暴力対策部・テロ対策班	林 譲治
匣《はこ》の人　巡査部長・浦貴衣子の交番事件ファイル	松嶋智左

光文社文庫最新刊

選ばれない人	安藤祐介
身の上話　新装版	佐藤正午
夢の王国　彼方の楽園　マッサゲタイの戦女王	篠原悠希
Jミステリー2024　SPRING	光文社文庫編集部・編
大名強奪　日暮左近事件帖	藤井邦夫
意趣　惣目付臨検仕《つかまつ》る㈥	上田秀人